Walter Wippersberg

# Erik und Roderik

Walter Wippersberg

mit Bildern
von F. J. Tripp

# Erik und Roderik

## Eine Rittergeschichte

Obelisk-Verlag

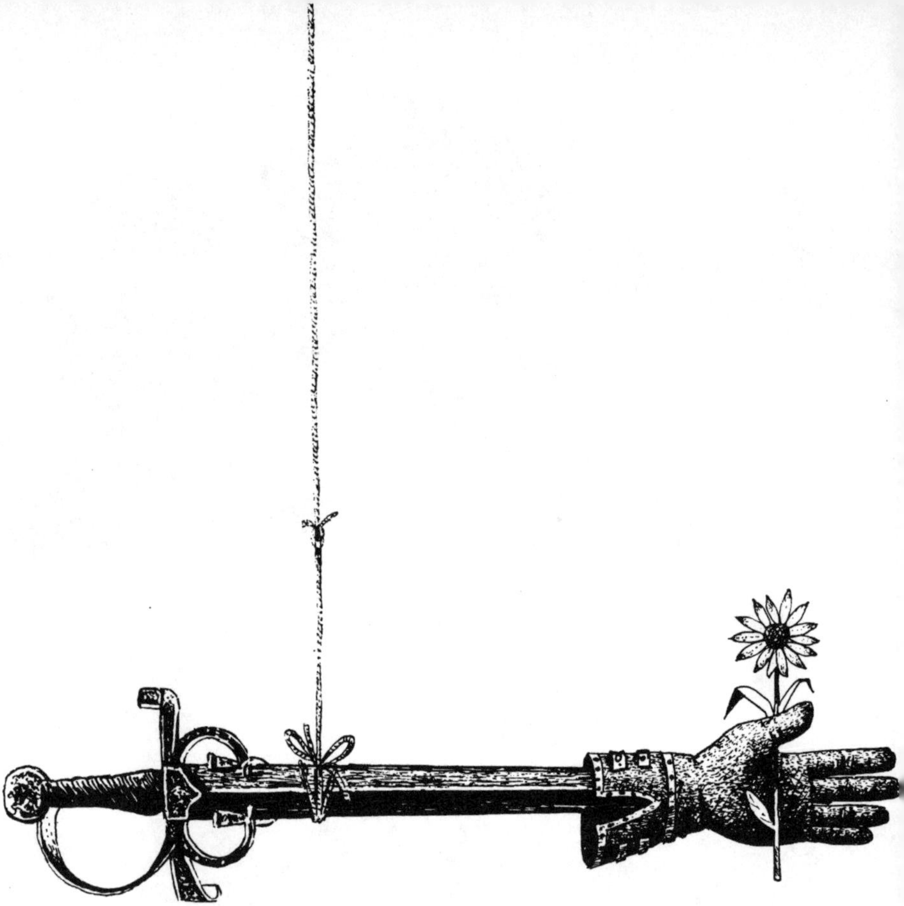

**Dieses Buch ist nach den neuen Rechtschreibregeln abgefasst**

Neuausgabe 2002

Umschlagentwurf: Franz Hoffmann

Printed in Austria
ISBN 3-85197-435-2

*Dieses Buch widme ich*
*meinem Sohn Marcus und allen Kindern,*
*denen lustige Ritter sympathischer sind*
*als kriegerische*

# INHALTSVERZEICHNIS

# Kapitel 1

## Aufforderung zum Zweikampf

*oder: Wie man ihn verhindern kann*

Seit zwei Stunden schon redete der alte Bonzo auf den jungen Herrn Erik ein. „Denk an Chilperich, deinen Großvater!“, beschwor er ihn gerade. „Man hat ihn Chilperich, den Knochenbrecher, genannt ...“

Aber Erik gähnte nur. Diese Familiengeschichten ödeten ihn an.

„Der alte Chilperich pflegte die Bären noch mit bloßen Fäusten zu erledigen“, fuhr Bonzo fort. „Einmal hat er mit einem seiner Freunde gewettet ...“

„Dass er sich so nahe an einen lebendigen Drachen heranwagt, bis ihn dessen Feueratem die Schnurrbartspitzen versengt“, sagte Erik schnell, der diese Geschichte noch öfter gehört hatte als all die anderen Chilperich-Geschichten.

„Jawoll!“, schrie der alte Bonzo, der sich - wenn er erst einmal in Fahrt war - so leicht nicht bremsen ließ. „Und was hat Chilperich getan?“

„Er hat dem Ungeheuer das Maul zugehalten, bis es am Rauch des eigenen Feueratems erstickt war“, leierte

Erik folgsam herunter und fügte leise hinzu: „Wenn's wahr ist."

Das überhörte Bonzo geflissentlich.

„Oder denk bloß daran", redete er weiter auf Erik ein, „wie noch dein Vater, Gott hab ihn selig, die Bauern behandelt hat. Immer hatte er einen Kälberstrick bei sich für den Fall, dass ihm einmal danach zu Mute war, einen Bauern aufzuknüpfen. Und du! Was machst du? Du treibst nicht einmal die Steuern ein. Dir braucht nur einer von diesen frechen, stinkenden Lümmeln zu erzählen, dass er einen Haufen Kinder und eine kranke Schwiegermutter hat, schon lässt du ihm die Hälfte der Steuern nach ..."

„Du langweilst mich, Bonzo!", unterbrach ihn Erik. „Wenn du wüsstest, wie sehr du mich langweilst!"

Aber so leicht ließ Bonzo nicht locker.

„Ich habe deinem Vater auf seinem Sterbebett versprochen, aus dir einen ordentlichen Ritter zu machen. Und dieses Versprechen werde ich einlösen, so wahr ich deinem Vater ein Leben lang redlich gedient habe."

„Wollen wir nicht ein bisschen in den Wald reiten?", schlug Erik dem alten Mann vor. „Das Wetter könnte nicht schöner sein. Ich hab' richtig Lust zum Pilzesuchen."

„Pilze suchen!" Laut stöhnte Bonzo auf. „Ein Ritter, der Pilze suchen geht anstatt zu jagen, wie sich's gehört!"

Fünfzig Jahre war Bonzo alt, und das war damals, als es noch Einhörner und Feuer speiende Drachen gab, ein sehr hohes Alter. Seine Haare und sein Bart waren schneeweiß. Die Narben in seinem Gesicht gaben Zeugnis von den zahlreichen Kämpfen, die er an der Seite seines früheren Herrn, an der Seite von Eriks Vater nämlich, ausgefochten hatte.

Schon wollte Erik den Rittersaal verlassen, da packte ihn Bonzo am Arm und hielt ihn mit aller Kraft fest.

„Erik!", bat er. „Tu mir den Gefallen und nimm dein Schwert mit, damit du wenigstens von weitem wie ein Ritter aussiehst!"

Erik seufzte und schaute sich nach der Waffe um, konnte sie aber nirgends entdecken.

„Da drüben!", rief Bonzo und zeigte in eine Ecke. „Hinter der Truhe liegt dein Schwert, und es hat bestimmt schon Rost angesetzt ..."

„Schon möglich", gab Erik zu. „Das kommt von den feuchten Mauern. Nächstes Jahr müssen wir die Burg unbedingt renovieren."

Er holte das Schwert hinter der Truhe hervor, wischte an seinen Beinkleidern die Spinnweben ab, mit denen es überzogen war, und befestigte es an seinem Gürtel.

„Siehst du nicht, dass die Spitze auf dem Boden schleift?", rief Bonzo entsetzt. „Schnall gefälligst deinen Gürtel enger!"

„Lieber nicht", gab Erik zur Antwort, „sonst zwickt er

mich wieder." Und als er zur Tür ging, klapperte das Schwert auf den Steinplatten.

Draußen auf dem Burghof warteten Rambert und Reimbold auf ihn, seine beiden anderen Gefolgsleute. So wie Bonzo hatten auch sie schon seinem Vater gedient.

Rambert, der sich gern Rambert, der Rammler, nennen ließ, war ein Raufbold, gutmütig zwar, aber stets bereit, einem anderen die schmiedehämmergroßen Fäuste unter die Nase zu halten. Er war dick wie ein Fass und behauptete, er müsse sich durchs Raufen ein wenig Bewegung schaffen, um nicht noch dicker zu werden.

Reimbold war noch älter als Bonzo. Er konnte die Laute schlagen, wusste alle alten Heldenlieder auswendig und schrieb selber neue Lieder, die gar nicht so übel gewesen wären, hätte er nicht darauf bestanden, sie selber vorzusingen.

Wie schauerlich seine schrille, zittrige Greisenstimme beim Singen klang, das ahnte er nicht, weil er schwerhörig war, fast taub.

Nachdem Erik Rambert und Reimbold begrüßt hatte, befahl er ihnen, in die Sättel zu steigen.

„Wohin geht die Reise?", wollte Rambert wissen, als sie durchs Burgtor hinausritten.

„Wir werden Pilze suchen", gab Bonzo an Eriks statt voll Abscheu zur Antwort.

„Wenn das unser alter Herr noch erlebt hätte!“, rief Rambert. „Pilze suchen!“

„Wer will mich verfluchen?“, fragte der schwerhörige Reimbold und legte die Hand hinters Ohr.

Darum kümmerten sich die anderen nicht weiter. Dass Reimbold alles, was er aufschnappte, auf sich bezog, weil er meinte, man würde seine Schwerhörigkeit ausnützen und nur über ihn reden, das war ihnen ja nicht neu.

Sie ritten den schmalen Weg am Burgfelsen entlang bergabwärts. Hier mussten sie höllisch aufpassen, denn

*und seine*
*3 Gefolgsleute*
*Bonzo, Rambert und Reimbold*

*Hier sieht man, wie Ritter Erik gerade mit seinen Mannen den stolzen Sitz seiner Väter verlässt*

ein winziger Fehltritt des Pferdes konnte den Absturz für Ross und Reiter bedeuten. Und wer erst da unten lag, dem war nicht mehr zu helfen.

Erik hatte sich fest vorgenommen, im nächsten Jahr hier eine bequeme, breite Straße anlegen zu lassen, obwohl Bonzo und Rambert ihm stets vorhielten, dass so ein Weg gar nicht steil und gefahrvoll genug sein könne, schließlich dürften die Feinde ja nicht bis ans Burgtor gelangen.

Am Fuß des Felsens mündete der Steig in den dichten, fast undurchdringlichen Wald, der damals noch das ganze Land bedeckte. Hier gab es keine Wege, nur

schmale Trampelpfade, die sich oft genug irgendwo im Dickicht verloren. Gar mancher war hier schon vom Weg abgekommen, und keiner hatte ihn dann je wieder gesehen. Voller Gefahren steckte der Wald. Nicht nur Bären, Wölfe und anderes wilde Getier hausten hier, auch die Diebe, Räuber und Mörder fanden da ein sicheres Versteck. Und wenn man den Erzählungen der alten Leute glauben durfte, gab es noch viel unheimlichere Waldbewohner: Riesen und Zwerge und Drachen in allen Größen und Farben.

An einer mächtigen Buche, keine zwei Meilen von der Burg entfernt, hielten die vier Männer an. Hier gab es in der Nähe einen Platz, an dem die allerschönsten Pilze wuchsen.

Sie stiegen ab, und als Bonzo die Pferde anbinden wollte, entdeckte er - im Unterholz versteckt - ein erlegtes Wildschwein.

„Erik!", rief Bonzo aufgeregt. „Sieh dir das an! Was ist das?"

„Na ja", meinte Erik, „ein totes Wildschwein, würde ich meinen."

„Hast du weiter nichts dazu zu sagen?"

„Jemand muss es erlegt haben", meinte Erik.

„Falls es nicht an einem Herzschlag zugrunde gegangen ist, wird es wohl jemand erlegt haben", spottete Bonzo.

„Na und?", fragte Erik.

„Da jagt einer auf deinem Gebiet, und du fragst ‚Na und?'!", stöhnte Bonzo.

„Wer immer hier wildert", polterte Rambert, „wir werden ihm das Fell über die Ohren ziehen!"

„Wer will mich an den Ohren ziehen?", fragte Reimbold erschrocken.

„Wahrscheinlich war's irgendein frecher Bauernlümmel", vermutete Bonzo. „Los, Freunde, wir wollen ihn suchen! Und wenn wir ihn finden, hängen wir ihn am nächsten Baum auf!"

Erik hob beschwichtigend die Hände: „Langsam! Langsam! Wieso denn immer gleich hängen? Mir macht's nichts aus, wenn die Bauern ab und zu ein Stück Wild erlegen, wahrscheinlich haben sie sonst nicht genug Fleisch."

„Die Jagd ist den Rittern vorbehalten!", rief Bonzo. „Und ein Bauer, der sich am Wild vergreift, muss hängen. Das war schon immer so!"

„Los!" Rambert schwang seine Streitaxt angriffslustig überm Kopf. „Wir müssen ihn verfolgen. Wenn wir noch lange hier herumstehen, dann ist der Wilderer über alle Berge!"

„Was für Zwerge?", wollte Reimbold wissen.

Erik zögerte noch, aber dann gab er Befehl, wieder aufzusitzen. Er wollte seinen Gefolgsleuten den Gefallen tun und den Wilderer - wenigstens zum Schein - verfolgen. Falls sie ihn, was unwahrscheinlich genug war, am Ende doch erwischten, würde Erik schon dafür sorgen, dass ihm kein Leid geschah.

Kaum aber saßen sie wieder im Sattel, da vernahmen sie eine Stimme, die aus dem Dickicht zu ihnen drang:

„Nett von euch, dass ihr meine Beute bewacht! Verbindlichen Dank!"

Erik und seine Leute fuhren herum und sahen Herrn Roderik de la Plaine zwischen den Bäumen auftauchen. Dicht hinter ihm ritt der Gefolgsmann Rappo, ein in vielen Kämpfen erprobter Haudegen.

Erik fühlte, wie seine Knie zu schlottern begannen, aber er nahm sich zusammen und ritt Roderik ein Stück entgegen.

„Hallo, alter Freund!", rief er ihm zu. „Wie geht's, wie steht's? Alles gesund und munter bei dir zu Hause, ja? Dein Vater immer noch rüstig und streitsüchtig, wie?"

„Mein Vater ist seit zwei Jahren tot", gab Roderik zur Antwort. „Und du solltest das wissen, schließlich warst du ja auf seiner Beerdigung."

„Ach ja, natürlich!", stammelte Erik. „Hab' ich ganz vergessen. Ich bin heute ein bisschen zerstreut."

„Zerstreut?" Roderik lachte schallend. „Angst hast du. Du fürchtest, dass es heute endlich zu dem längst fälligen Kampf zwischen uns beiden kommt. Du hast die Hosen voll. - Gib's doch zu, Erik!"

„Warum denn immer gleich kämpfen?", fragte Erik. „Damit lösen wir unsere Probleme nicht. Wir sollten

lieber einmal in aller Ruhe darüber reden."
„Wirklich ritterlich gesprochen!", spottete Rappo, dem die Vorfreude auf den Kampf deutlich anzusehen war.
„Was meinst du, Roderik", fragte er seinen Herrn, „ob wir beide es schaffen, den vier Hampelmännern da drüben eine kleine Abreibung zu verabreichen?"
„Hab' ich Abreibung verstanden?", brüllte Rambert zurück. Und er bat Erik, allein hinüberreiten zu dürfen. „Ich nehm's mit den beiden schon auf. Und falls Frankobert und Sigbert, oder wer immer von Roderiks Spießgesellen, sich im Wald versteckt haben, soll's mir auch recht sein. Solche halbe Portionen pflege ich noch vor dem Frühstück zu verspeisen."
Erik hielt ihn zurück, aber es schien ganz aussichtslos, den Kampf jetzt noch zu verhindern. Ein Wort würde das andere geben, dann würde einer blankziehen und ein anderer auch...
Nur zwanzig Fuß waren die beiden Gruppen voneinander entfernt.
Roderik selber schien noch unentschlossen, aber Rappo zitterte vor Kampfeslust.
„Der da drüben, der das Maul so weit aufreißt", schrie Rappo jetzt herüber, „ist das nicht Rambert, genannt ‚der Hammel'? Dem wollte ich die Hammelbeine immer schon einmal lang ziehen."
„Und wenn ich recht sehe", gab Rambert fröhlich

zurück, „dann ist das da drüben Rappo, genannt ‚die Ratte'. Ratten sind Ungeziefer und müssen vertilgt werden."

Erik boxte Rambert von hinten in den Rücken, aber der achtete gar nicht darauf. Sich mit Rappo zu streiten, diesen Spaß ließ er sich auf keinen Fall entgehen. Die beiden wurden nicht müde, einander zu beschimpfen.

Rambert nannte Rappo eine Wühlmaus, eine Kröte und ein Stinktier. Dafür musste er sich von Rappo Schafskopf nennen lassen, und Hasenfuß und Jammerlappen.

Was Erik aber am meisten beunruhigte: Während sie

einander beschimpften, ritten sie langsam aufeinander zu. Erik wusste nur zu gut, sie würden zu den Waffen greifen, sobald ihnen keine neuen Schimpfwörter mehr einfielen. Deshalb schrie er:

„Roderik, hör zu! Wir lassen unsere Gefolgsleute aus dem Spiel und tragen die Sache allein aus, nur wir beide.“

Roderik brauchte eine ganze Weile, bis er antworten konnte. Alles hatte er erwartet, nur das nicht: dass Erik

es wagen würde, ihn zum Zweikampf aufzufordern.

Rappo und Rambert sahen ein wenig enttäuscht drein, und Bonzo starrte Erik mit offenem Mund an, der sich dann freilich zu einem zufriedenen Grinsen verzog.

Reimbold schien ausnahmsweise begriffen zu haben, worum es gerade ging, er sah verdutzt drein.

Am meisten verwundert freilich war Erik selber. Die Herausforderung war ihm nur so herausgerutscht. Nie im Leben wollte er mit Roderik kämpfen. Aber gesagt war gesagt, und ein Zurück gab es nicht mehr, wenn er sich nicht vor seinen eigenen Leuten zum Gespött machen wollte.

Darum schlug er Roderik vor, der Zweikampf sollte tiefer im Wald stattfinden. Ihre Begleiter jedoch sollten indessen hier unter der Buche den Ausgang des Kampfes abwarten.

Auf diese Weise gewann Erik wenigstens Zeit.

Der Vorschlag machte Roderik zuerst misstrauisch, schließlich stimmte er aber zu. Was konnte ihm denn schon geschehen? Er war dreimal so stark wie Erik, und wenn der die Prügel lieber woanders bekam, ihm sollte es recht sein.

Erik und Roderik ritten also tiefer in den Wald hinein. Sie sprachen kein Wort miteinander, sondern sahen einander immer wieder misstrauisch von der Seite her an. Schließlich erreichten sie eine kleine Lichtung, von der Erik annahm, dass sie schon außer Sichtweite der Gefolgsleute lag.

„Ist es dir hier recht?“, fragte er.

„Wo immer du willst“, gab Roderik zur Antwort, stieg vom Pferd, zog sein Schwert aus der Scheide und prüfte mit dem Daumen die Schärfe der Klinge.

„Kämpfen?“ Erik tat, als habe er dieses Wort noch nie gehört. „Kannst du mir auch nur einen einzigen vernünftigen Grund sagen, warum wir mit Messern aufeinander losgehen sollten wie zwei Verrückte?“

„Wie zwei Ritter“, verbesserte Roderik.

„Für mich macht das nicht viel Unterschied“, sagte Erik und stieg auch aus dem Sattel. „Du hast in meinem Wald gejagt, na schön. Du entschuldigst dich, und wir vergessen die Sache.“

„Entschuldigen?“, rief Roderik höhnisch. „Das erwartest du doch nicht im Ernst!“

„Nein“, sagte Erik lachend.

Im Grunde freute er sich, dass er Roderik wieder einmal getroffen hatte. Sie waren Vettern, Vettern zweiten oder dritten oder vierten Grades, ganz genau wusste das niemand mehr. Sie hatten auch zusammen die Königlich Privilegierte Ritterschule besucht und waren dort die besten Freunde gewesen. Seit sie aber wieder zu Hause auf ihren Burgen saßen und als Nachfolger ihrer verstorbenen Väter Burgherren geworden waren, hatten sie einander kaum mehr getroffen.

Erik war Roderik ausgewichen, weil er einen alten Streit zwischen ihren Familien nicht wieder aufleben lassen wollte.

An der Grenze zwischen ihren Ländern gab es einen Streifen Hügelland, von dem niemand genau sagen konnte, zu welcher Burg er gehörte.

„Ob du's willst oder nicht", meinte Roderik jetzt, „wir müssen diese Frage klären. Und wir werden das nach Ritterart tun. Zieh blank, Erik!"

Er hob sein Schwert und zielte damit genau auf Eriks Brust.

Erik aber trat auf Roderik zu, schob im letzten Augenblick erst das Schwert beiseite, ging dann an ihm vorbei - und setzte sich unter einen Kastanienbaum.

„Wozu kämpfen, wenn wir den Ausgang von vornherein wissen?", fragte er dann.

„Bedeutet das, dass du meinen Anspruch auf das Hügelland anerkennst?", wollte Roderik wissen.

„Es bedeutet, dass ich nicht mit dir kämpfen werde, weil ich genau weiß, dass du Sieger sein würdest", sagte Erik freundlich. „Außerdem seh' ich wirklich nicht ein, warum gerade wir an ein Problem herangehen sollten, an dem sich schon unsere Väter und Großväter und Urgroßväter die Zähne ausgebissen haben."

„Wenn ich mich nicht täusche", sagte Roderik und blickte argwöhnisch auf Erik hinunter, „dann willst du tatsächlich nicht mit mir kämpfen."

„Brav!“, lobte ihn Erik. „Das hast du wirklich schnell herausgekriegt.“

„Bin ja nicht blöd!“, gab Roderik ärgerlich zur Antwort.

„Aber nein! Wer behauptet denn so was?“

„Erik! Mach dich nicht lustig über mich, ja! Zugegeben, ich war in der Schule nicht besonders schlau, hab' nie richtig lesen gelernt, vom Schreiben gar nicht zu reden ...“

„Dafür warst du im Laufen, Fechten und Reiten immer der Klassenbeste. Darauf kommt's doch schließlich an. Ich war nur in den Nebenfächern gut: Lesen, Schreiben, Rechnen, alles unnütze Dinge.“

„Aber da warst du nicht zu schlagen, Erik.“

„Mag sein. Komm, setz dich, Roderik! - Wenn du mir damals in den Hauptfächern nicht geholfen hättest, nie im Leben hätte mich König Artus zum Ritter geschlagen. Erinnerst du dich an die Abschlussprüfung in der zweiten Klasse? Da bist du in meine Rüstung gestiegen und hast als Erik de la Montagne alle anderen im Turnier besiegt ...“

„Was für ein Spaß!“, lachte Roderik, der sich wirklich neben Erik hingesetzt hatte. „Das Turnier war ja ein Kinderspiel, aber wie der Direktor dann verlangt hat, ich sollte das Visier aufmachen, du, Erik, ich schwör's dir, da hab' ich im ersten Augenblick wirklich nicht gewusst, was ich tun soll.“

Ganz friedlich saßen sie nebeneinander unter dem Kastanienbaum und redeten noch eine ganze Weile von der Zeit, als sie noch Freunde gewesen waren, bis Roderik die Bemerkung machte:

„Unsere Gefolgsleute werden sich wundern, wieso sie keinen Kampflärm hören, was?“

Erik nickte nur, dachte einen Augenblick nach und reckte dann sein Schwert in die Höhe. Er forderte Roderik auf, das Gleiche zu tun, und dann schlugen sie über ihren Köpfen die Klingen so hart gegeneinander, dass man es weithin hören musste.

Sie schrien auch „Stirb, du Schuft!" und „Da! Nimm das, du feige Memme!" und brüllten „Hohooooh!" und „Aaaah!"

Dazwischen aber unterhielten sie sich ganz freundlich, so wie früher in den alten Zeiten, und endlich beschlossen sie, einander öfter zu treffen.

Nach einer halben Stunde erhoben sie sich, bestiegen ihre Pferde und wollten zurück zu ihren Leuten reiten.

Da fragte Roderik aber: „Was machen wir jetzt? Unsere Männer werden wissen wollen, wie der Kampf ausgegangen ist."

„Wir reiten gleich davon", schlug Erik vor, „dann kann jeder von uns seinen Leuten erzählen, dass er's dem andern ordentlich gegeben hätte."

# Kapitel 2

## Ein feuchtfröhlicher Jagdausflug

*oder: Wie man sich täuschen kann*

Erik und Roderik trafen einander noch ein paar Mal in diesem Sommer. Jedes Mal freilich fing Roderik von dem alten Streit zu reden an, und deshalb beschloss Erik, König Artus als Schiedsrichter anzurufen.

Ende September sandte er einen Brief an den König und hoffte, er würde bald Antwort bekommen. Aber der erste Schnee fiel in diesem Jahr schon Mitte Oktober, und alles deutete auf einen langen, harten Winter hin. Bald waren auch die Wege unpassierbar geworden.

Im Winter war das Leben auf den Burgen höchst ungemütlich. Die offenen Fenster waren nur mit hölzernen Läden zu verschließen, also war es sogar zu Mittag finster in den Kammern. Einen Kamin gab es nur im großen Rittersaal, darum blieb jeder so lange wie möglich im Bett, oder er hüllte sich in seine Pelze ein, dass nur noch die Nasenspitze zu sehen war.

Lange und langweilige Monate vergingen, bis Erik endlich Anfang April das königliche Antwortschreiben in Händen hielt.

Und das lautete so:

## Hochverehrter Herr de La Montagne!

*Leider kann ich im Augenblick Ihrer Bitte nicht entsprechen, weil mich die Sitzungen meiner Tafelrunde, die gewöhnlich bis lange nach Mitternacht dauern, sehr in Anspruch nehmen. Wie Sie vielleicht wissen, wird bei diesen Sitzungen ziemlich viel verzehrt und noch mehr getrunken, und das alles reißt bei den heutigen Preisen gewaltige Löcher in die königliche Kasse. (Allein die Preise für italienischen Wein sind in einem Jahr um fast die Hälfte gestiegen!) Deshalb sehe ich mich gezwungen, im Mai oder Anfang Juni einen kleinen Beutezug in ein benachbartes König- oder Fürstentum zu unternehmen. Ende Juni steht dann auf der Burg des Herzogs von Belfort ein großes Turnier auf dem Programm, das vermutlich gleich alle Einnahmen aus dem Beutezug verschlingen wird, da meine edle Gattin, die Königin Guinevra, für dieses Fest bestimmt mehrere neue, sündteure Kleider haben will. So werde ich aller Wahrscheinlichkeit nach unmittelbar nach dem Turnier gleich wieder einen Beutezug* unternehmen müssen, was in der Sommerhitze gewiss kein Honiglecken ist.

Im Herbst werden dann die edlen Herren meiner Tafelrunde das erbeutete Gut aufgefressen und versoffen haben, so dass wir vor dem ersten Schnee noch zwei oder drei reiche Klöster ausnehmen müssen, damit wir irgendwie über den Winter kommen.

Sie sehen also, lieber Freund, nichts wie Geldsorgen und gesellschaftliche Verpflichtungen!

Um Ihren kleinen Zwist mit dem hochedlen Herren de la Plaine kann ich mich daher beim besten Willen nicht auch noch kümmern. Deshalb schlage ich vor, Ihr Problem auf die bewährte, altehrwürdige Weise zu lösen, nämlich durch einen kleinen Krieg.

Herzliche Grüße sendet Ihnen und Ihrem Freund, dem Herrn Roderik de la Plaine,

IHR

ARTUS

KÖNIG VON BRITANNIEN

(nach dem Diktat verreist)

Enttäuscht machte sich Erik mit diesem Brief auf den Weg zur Burg seines Vetters.

Roderik freilich nahm die Nachricht des Königs voll Freude auf und rief begeistert: „Krieg! Was für eine tolle Idee! Ich hab' immer nur an einen Zweikampf gedacht. Aber ein richtiger kleiner Krieg ist natürlich viel besser."

„Du bist verrückt!", meinte Erik entsetzt. „Es gibt nichts Schlimmeres als einen Krieg!"

„Kommt darauf an, ob man ihn gewinnt oder verliert", entgegnete Roderik grinsend.

„Das hat gar nichts damit zu tun!", behauptete Erik.

„Krieg muss sein, ohne Krieg wäre unser ganzer Berufsstand arbeitslos", sagte Roderik. „Nichts ist für einen Ritter gefährlicher als ein langer Friede. Der Friede zwingt den Ritter zum Müßiggang. Müßiggang ist aber bekanntlich aller Laster Anfang."

„Du redest schon genauso blöd wie unser Lehrer auf der Ritterschule!", schrie Erik ihn an.

Roderik aber fuhr unbeeindruckt fort, erhob sogar hin und wieder den Zeigefinger und sah nun wirklich wie ein Ritterschullehrer aus: „Der Friede, auch das sollten wir nicht übersehen, mein lieber Vetter, der Friede bringt es mit sich, dass das Bauernpack allzu ungestört seiner Arbeit nachgehen kann. Das wiederum könnte dazu führen, dass die Bauern zu Wohlstand kämen. Wohlstand aber, auch das ist allgemein bekannt, verdirbt die Sitten, macht faul, hoffärtig und frech. Du willst doch nicht, dass die Bauern noch frecher werden, oder?"

„Dass du mit diesem Quatsch sofort aufhörst, das will ich!", sagte Erik ungehalten.

„Ich bin nur um die ritterliche Moral besorgt", meinte Roderik, „und um die gottgewollte Unterwürfigkeit der Bauern."

„Ein hirnverbrannter Idiot bist du, der alles nachplappert, was man ihm vorsagt, auch wenn's der stumpfsinnigste Stumpfsinn ist!"

Eilig und vor Wut bebend verließ Erik die Burg seines Vetters. Das königliche Schreiben aber warf er zu Hause ärgerlich in den Burggraben.

Das ganze Frühjahr über hörte Erik nichts von Roderik, und selber hatte er wenig Lust ihn aufzusuchen.

Der Sommer kam, und Erik ritt jetzt manchmal an jenem Fluss entlang, der ein Stück lang die Grenze zwischen den beiden Ländern bildete. Manchmal traf er dort beim Baden den jungen Sigbert, einen der Gefolgsleute Roderiks. Keine zehn Worte hatten die beiden vorher gewechselt, aber jetzt, da sie allein waren, kamen sie ins Gespräch.

Dass dieser Sigbert nicht so recht zu Roderik und seinen wilden Gefährten passte, hatte sich Erik schon früher gedacht. Auch Sigbert war die Jagd zuwider, so wie Erik, und wegen jeder Kleinigkeit gleich mit dem Schwert in der Hand auf den anderen loszugehen, das fand er ebenfalls höchst albern und kindisch.

Als sie wieder einmal nebeneinander am Flussufer saßen und sich von der Sonne trocknen ließen, sagte Sigbert ganz unvermittelt:

„Am liebsten würde ich Herrn Roderik verlassen und meine Dienste einem anderen Herrn anbieten."

Erik meinte, dass er ihn gern selbst aufnehmen würde, dass er aber leider nicht reich genug wäre, um noch einen weiteren Mann zu verpflegen.

Sigbert zuckte die Schultern und sagte: „Na ja, vielleicht kann ich mich wirklich nützlicher machen, wenn ich bei Roderik bleibe und versuche, wenigstens die allergrößten Dummheiten zu verhindern."

Was für Dummheiten das zum Beispiel sein könnten, fragte Erik vorsichtig. Er hatte den Eindruck, dass ihm Sigbert etwas sagen wollte.

Erst nach langem Zögern rückte Sigbert mit der Sprache heraus: „Seit ein paar Monaten sind zwei Ritter zu Gast auf unserer Burg, Herr Bertran und Herr Berengar ..."

„Die schlimmsten Raufbolde, die ich kenne", rief Erik erschrocken aus.

„Richtig. Und sie haben keinen guten Einfluss auf Roderik. Sie verleiten ihn dazu, sich jeden Abend mit ihnen zu betrinken. Und sie hetzen ihn auf ..."

„Gegen mich?", fragte Erik.

Sigbert nickte. „Tag für Tag sticheln sie, dass es eines

kräftigen Kerls, wie Roderik einer ist, unwürdig sei, gegen einen - verzeihen Sie - Schwächling wie Sie, Herr Erik, nichts zu unternehmen."

Erik lachte. „Die Kerle haben Recht, ich bin wirklich nicht besonders stark. - Was sagt denn Roderik dazu?"

„Zuerst hat er nichts davon hören wollen. Aber jetzt spricht er schon davon, dass er Sie vielleicht wirklich aus dem Land jagen sollte. Immer öfter redet er so."

„Hat er schon einen Plan?"

„Ja", sagte Sigbert. „Man will Sie provozieren. Man will so lange auf Ihrem Gebiet jagen, bis es Ihnen zu bunt wird."

Erik verstand. Ja, das war tatsächlich ein Weg, einen Krieg anzuzetteln. Auf die Dauer konnte er es nicht dulden, dass man in seinen Wäldern jagte, wenn er Herr im eigenen Land bleiben wollte. Einmal würde er dagegen einschreiten müssen. Und das wäre dann der Anlass zum Krieg.

Erik bat jetzt Sigbert, ihn vor dem ersten Jagdausflug Roderiks zu warnen, und Sigbert sagte „um des Friedens willen" zu. Erik wusste auch einen Weg, wie das geschehen konnte. Er züchtete seit ein paar Monaten Brieftauben. Wenn er Sigbert ein paar davon mitgab, konnte eine Taube die Nachricht überbringen.

Und so geschah es dann auch.

Schon Ende August, lange vor Beginn der Jagdsaison, kehrte die erste Taube zu Erik zurück. An einem Bein trug sie einen fingerhutgroßen Behälter, in dem ein Stückchen Papier steckte. Darauf stand in winzigen Buchstaben geschrieben:

Roderik will morgen auf Ihrem Besitz jagen. Sie haben es auf Wildschweine abgesehen und wollen bereits im Morgengrauen aufbrechen.

Wie er Roderik die Jagd auf den Hügeln verleiden konnte, darüber hatte Erik in den letzten Wochen viel nachgedacht. Am klügsten schien es ihm dafür zu sorgen, dass Roderik keine Beute machte.

Deshalb befahl Erik jetzt seinen Freunden Rambert, Reimbold und Bonzo in alle Dörfer zu reiten, die Bauern von den Feldern zu holen und gemeinsam mit ihnen alle Wildschweine diesseits der Grenze mit großen Netzen einzufangen und auf der Burg in Sicherheit zu bringen.

Gegen Abend sah Erik vom Fenster seiner Kammer aus ein halbes Hundert Wildschweine im Burghof versammelt, und von hier oben hätte man sie, wären sie nicht alle schwarz gewesen, auch für Hausschweine halten können (damals sahen die Hausschweine den Wildschweinen noch viel ähnlicher als heute).

Das brachte Erik auf eine neue Idee. Sofort wollte er sie aber wieder beiseite schieben, allzu riskant erschien sie ihm. Im schlimmsten Fall konnte sie den Krieg erst recht auslösen. Aber die Idee gefiel ihm viel zu gut, als dass er sie wirklich hätte fallen lassen wollen. Und warum sollte er Roderik nicht zeigen, mit wem er es zu tun hatte? Wenn Roderik dreimal so stark war wie er, dann war Erik mindestens dreimal so schlau, das sollte der Herr Vetter ruhig wissen.

Erik überlegte nicht mehr lange, rannte hinunter, ließ die Wildschweine in den Ställen verstecken, so gut es ging, und befahl dann seinen Gefährten, aus Ofenruß und Leinöl schwarze Farbe anzurühren und hernach gleich wieder aufzusitzen.

Mit riesigen Farbtöpfen schwer beladen, brachen sie in der Abenddämmerung auf und ritten bis an den Fluss. Dort bestiegen sie drei große Boote und fuhren den Fluss hinunter bis zu einem See.

Roderiks Burg lag auf einer schmalen Halbinsel, die weit in den Waldsee hineinragte. Ein dichter Schilfgürtel

Schnarch Schnarch
Schnarch Schnarch

umschloss den See und dort fanden Erik und seine Gefährten einen geschützten Platz, wo sie noch bis zum Morgengrauen ausruhen konnten.

Kaum, dass der erste Sonnenstrahl Roderiks Burg getroffen hatte, weckte sie Kettengerassel. Die schwere Zugbrücke wurde heruntergelassen. Gleich darauf erschienen Roderik, seine Gefolgsleute und die Herren Bertran und Berengar im Tor.

Erik hielt den Atem an und hoffte, dass keines der Pferde im unrechten Augenblick zu wiehern begann. Er beobachtete, wie sich der Zug der Jäger von der Burg gemächlich auf den Wald zu bewegte und zwischen den Bäumen verschwand.

Jetzt galt es, zu handeln. Erik, Bonzo, Rambert und Reimbold banden ihre Pferde an den Bäumen fest, dann ergriff jeder einen Farbeimer, und so schlichen sie zur Burg hinüber.

Dass sie entdeckt und an ihrem Plan gehindert werden würden, mussten sie kaum befürchten. Damals war es nämlich üblich, dass die zurückgebliebenen Knechte und Mägde - gleich nachdem die Ritter die Burg verlassen hatten - ihre Arbeit liegen und stehen ließen, sich um nichts mehr kümmerten, sondern wieder ins Bett gingen und sich einen schönen Tag machten.

Erik und seine Freunde gelangten ungehindert in den Burghof.

Sie blickten um sich und schnupperten.

Von links kam eine gewaltige Duftwolke auf sie zu, die ihnen fast den Atem nahm. Sie brauchten nur dem höllischen Gestank zu folgen und standen auch schon vor ihrem Ziel, dem Schweinestall.

Wie sein Vater Goffred aß auch Roderik nichts lieber als Schweinebraten, Rauchfleisch und Speck. Deshalb ließ er auf seiner Burg mehr Schweine mästen als irgendein anderer Ritter im Reich des Königs Artus. Viermal drei Klafter maß der Stall und war damit noch um ein Stück größer als der Rittersaal. Genau fünfzig Schweine fanden in den nicht sehr sauberen Koben Platz.

Erik befahl nun seinen Gefährten, die Farbe in den

Töpfen noch einmal aufzurühren und gleich ans Werk zu gehen.

Es war ein hartes Stück Arbeit, bis alle fünfzig Schweine mit schwarzer Farbe bestrichen waren. Es dauerte länger als erwartet, denn immer wieder flüchtete ein Schwein vor dem Pinsel und musste dann erst mühsam wieder eingefangen werden. Zudem mussten die Männer nach jedem gefärbten Schwein an die frische Luft, um sich von dem schier unerträglichen Gestank zu erholen.

Endlich hatten sie es geschafft!

Freilich war Roderiks Vorsprung bereits sehr groß, aber Erik war sicher, dass die Jäger eine Frühstücksrast einlegen würden.

Mit Stricken wurden die Schweine nun aneinandergebunden, und jeder der vier Reiter zog zwölf oder fünfzehn der schwarzen Tiere hinter sich her. So kamen sie nur mühsam voran.

Rambert musste den anderen immer wieder ein Stück vorausreiten, um den Weg zu erkunden. Gegen zehn Uhr Vormittag meldete er, dass Roderik mit seinen Kumpanen auf einer kleinen Lichtung lagerte.

Das war der Augenblick, wo sie die Jäger überholen mussten. Den Schweinen gefiel es ganz und gar nicht, hinter den Pferden herzulaufen, und sie protestierten und grunzten laut. Aus diesem Grund musste Erik die Lichtung in weitem Bogen umgehen und sich durch fast undurchdringliches Dickicht einen Weg bahnen.

Als Herr Roderik mit seinen Gefolgsleuten und Gästen endlich die Grenze von Eriks Land erreichte, hatten sie insgesamt dreimal Rast gemacht. Das eine Mal, um zu frühstücken, das andere Mal, um noch einmal zu frühstücken, und dann, um noch ein drittes Mal zu frühstücken. Dabei hatten sie reichlich Wein getrunken und waren jetzt so fröhlich, ausgelassen und laut, dass alles Wild entsetzt vor ihnen floh.

Nicht das Eckchen eines Hirschgeweihs und nicht die Spitze eines Wildschweinschwänzchens hatten sie bisher zu Gesicht bekommen.

Herr Berengar hatte bei der letzten Frühstücksrast allzu tief in den Weinkrug geschaut. Er hing nur noch im Sattel, grölte unanständige Lieder, fiel sogar ein paar Mal vom Pferd und zwang damit auch alle anderen, immer wieder anzuhalten.

So war es fast zwölf geworden.

Roderik selber war noch verhältnismäßig nüchtern und machte sich insgeheim Sorgen, weil sich das Wild nicht blicken lassen wollte. Er hatte Angst, sich vor seinen Gästen zu blamieren, hatte er ihnen doch einen Ausflug in ein ganz besonders wildreiches Gebiet versprochen. Immer wieder ermahnte er seine Kumpane zur Ruhe, aber sie grölten nur umso lauter. Einen solchen Heidenlärm machten sie, dass es jede Wildsau fünf Meilen gegen den Wind hören musste.

So war Roderiks Überraschung besonders groß, als sie ein Schwein entdeckten, das ruhig unter einer alten Eiche stand, im Boden wühlte und sich weder durch Berengars Gesang stören ließ noch durch Bertrans Rülpsen, noch durch Frankoberts aufgeregten Schrei:

„Da vorne! Ein Wildschwein!“

Roderik gab das Zeichen zum Anhalten. Keine dreißig Fuß standen sie von der Eiche entfernt, und das schwarze Vieh da drüben musste sie längst bemerkt haben. Aber es rührte sich nicht vom Fleck.

„Das erste Tier soll einem meiner edlen Gäste gehören!“, flüsterte Roderik, und die Herren Bertran und Berengar antworteten mit anerkennendem Grunzen.

Bertran schien weniger besoffen als Berengar, deshalb lud Roderik ihn ein, als Erster loszureiten.

„Mir recht“, brummte Bertran, rülpste noch einmal und gab dann seinem Pferd die Sporen.

Das schwarze Tier unter der Eiche kümmerte sich aber nicht um den anstürmenden Reiter. Ganz nahe war Herr Bertran schon, und so hob er den Speer, um das Wildschwein mit einem wohlgezielten Stoß zu erlegen.

Leider verfehlte er sein Ziel, die Speerspitze bohrte sich tief in die Erde, und das Schwein fraß noch immer ruhig weiter.

Mit aller Kraft musste Bertran ans Werk gehen, um den Speer aus dem Boden zu ziehen. Dann noch einmal ein Stoß, und jetzt endlich brach das Tier zusammen.

Da erhoben seine Jagdgefährten ein ohrenbetäubendes Siegesgeheul, und sie fanden, das erste erlegte Wildschwein müsse begossen werden. Nachdem sie das ausgiebig getan hatten, saß keiner mehr sicher im Sattel. Aber das kümmerte sie nicht weiter, waren doch heute die Wildschweine offenbar ganz zutraulich und warteten förmlich auf den Todesstoß.

Übrigens führte Herr Roderik diese Zutraulichkeit darauf zurück, dass die Schweine hier in den Hügeln schon lange keinen Jäger gesehen hatten, weil Erik selber ja nicht jagte.

Nun gab Roderik das Zeichen zum Ausschwärmen. In zwei Stunden wollten sie hier wieder zusammenkommen. Wer von ihnen die meisten Wildschweine erlegt hätte, dem winkte als Preis ein Fass des allerbesten Weines.

Es war eine gewaltige Beute, die nach den vereinbarten zwei Stunden unter der Eiche lag. Roderik selber hatte siebzehn Tiere erlegt und konnte sich den Siegerpreis gleich selber zusprechen (was ihm über alle Maßen lieb war, weil er nur ungern ein Fass Wein verschenkt hätte). Frankobert und Herr Bertran hatten es auf je elf Schweine gebracht. Rappo lag mit zehn nur knapp darunter. Herr Berengar hatte nur ein einziges Tier erwischt.

Sigbert stand ganz ohne Beute da. Er hatte sich an der Jagd nicht beteiligt, verschwieg das aber und ließ sich lieber von den anderen auslachen.

Da er als Einziger auch stocknüchtern war, schickte Roderik ihn mit einem der Schweine voraus auf die Burg, damit es gebraten sei, wenn sie nach Hause kämen.

Sigbert lud eines der toten Tiere auf sein Pferd - und bekam dabei schwarze Finger. Am liebsten hätte er laut losgelacht, besann sich aber und ritt davon.

Roderik und seine Freunde berieten noch eine Weile, wie sie die vielen Tiere heimschaffen sollten. Sie beschlossen dann aber, die Beute einstweilen hier liegen zu lassen. Morgen sollten sie die Knechte holen. Statt sich selber abzuplagen, nahmen sie noch einen Schluck und machten sich dann auf den Rückweg.

Eine Stunde nach Sonnenuntergang erreichten sie Roderiks Burg, und sie kamen gerade zur rechten Zeit, denn das eine Schwein war eben fertiggebraten, und der Tisch im Rittersaal war schon gedeckt.

Sie setzten sich, nahmen wieder ein paar kräftige Schlückchen Wein und fingen an zu schmausen. Sie waren des Lobes voll über die vorzügliche Qualität des Fleisches, das gar nicht nach Wildschwein, sondern beinahe so zart wie ein Hausschwein schmeckte.

Da trat einer der Knechte in den Rittersaal und wollte Herrn Roderik eine Meldung erstatten, aber Roderik jagte ihn mit einem Fußtritt davon. Er konnte es nicht ausstehen, wenn man ihn beim Essen störte.

Zur Hälfte hatten sie das Schwein schon aufgegessen, als der Knecht wieder kam.

„Edler Herr Roderik!“, rief er und schien aufgeregt. „Bitte hören Sie mich an ...“

Roderik befahl ihm, an den Tisch zu treten. Hier aber fasste er ihn blitzschnell am Arm, drehte ihn rasch herum und versetzte ihm wieder einen solchen Fußtritt, dass er über den Steinfußboden auf die Tür zuschlitterte.

Seine Gesellen klatschten laut Beifall und meinten, dies sei die einzig richtige Art, mit frechen Knechten umzugehen.

Der Türstock bremste die Fahrt des Knechtes. Er kam wieder hoch, wandte sich noch einmal an Roderik und schrie:

„Ob Sie's interessiert oder nicht, ich sag's Ihnen jetzt: Der Schweinestall ist leer! Alle fünfzig Schweine sind fort!“

„Wieso sagst du das nicht gleich, du blöder Hammel!“, brüllte Roderik entsetzt auf.

Da steckte ein zweiter Knecht die Nase zur Tür herein und schrie:

„Viehdiebe waren da!“

„Was sonst!“, fuhr Roderik ihn an. „Taschendiebe werden's kaum gewesen sein.“

Er stürzte hinaus, rannte hinüber zum Schweinestall. Und als er ihn tatsächlich leer fand, hätte er am liebsten losgeheult wie ein kleines Kind.

Langsam und verzweifelt trottete er über den Hof zurück in den Rittersaal, und allmählich dämmerte ihm, was geschehen war.

„Wir haben meine eigenen Schweine erlegt!", schrie er den anderen entgegen, die sich aber dadurch beim Essen kaum stören ließen.

Solche Gefühlsroheit brachte Roderik in Harnisch, er nannte seine Jagdkameraden „ein paar ganz gemeine Mörder" und schrie: „Ihr hättet doch bemerken müssen, dass das keine Wildschweine waren, ihr versoffenen Säcke!"

Aber die blickten kaum von ihren Schüsseln auf, und so setzte Roderik sich wieder hin und jammerte ein ums andere Mal:

„Meine armen, armen Schweinchen! Das habt ihr nicht verdient, dass ein paar Trunkenbolde euch abschlachten!"

Dann überkam ihn aber die Wut.

„Dahinter steckt Erik de la Montagne!", brüllte er auf. „Rache! Ich werde seine Burg kurz und klein schlagen und ihn selber auch. Los, Freunde, auf die Pferde!"

Die anderen ließen aber nur ein zufriedenes Schmatzen hören. Nicht einen Augenblick lang hatten sie ihr Mahl unterbrochen.

So musste Roderik den Rachefeldzug wohl ober übel verschieben.

Die Tränen standen ihm in den Augen, wenn er die kläglichen Überreste des Schweines in der Schüssel betrachtete. Nicht einen einzigen Bissen mehr brachte er davon hinunter.

# Kapitel 3

## EIN VERHINDERTER RACHEFELDZUG

*oder: Wie man Fenster stehlen kann*

Schon am nächsten Morgen brachte eine Brieftaube die Nachricht, dass Roderik de la Plaine zum Krieg gegen Erik rüste. Mit Gewalt, hieß es da, wolle er zuerst alle Schweine aus Eriks Stall treiben und dann den roten Hahn aufs Dach der Burg setzen (was nichts anderes hieß, als dass er sie anzünden wollte). Für morgen Früh schon sei der Rachefeldzug geplant.

Bei dem Gedanken, dass Roderik seine Drohung wahrmachen könnte, schlotterten Eriks Knie so stark, dass ihm die Strümpfe bis zu den Knöcheln hinunterrutschten. Er verfluchte diese unselige Idee von vorgestern Abend. Wenn ihm jetzt nicht in allerletzter Stunde noch ein rettender Einfall käme, dann würde er morgen vor den Trümmern seiner Burg stehen - falls er dann überhaupt noch stehen konnte.

Dabei hatte er gerade anfangen wollen, die Burg auszubauen. Fürs Erste hätte er eine Bibliothek errichten lassen wollen, gleich neben dem Rittersaal. Die Steine und das Bauholz lagen schon im Burghof bereit.

Am liebsten wäre Erik sofort losgeritten, um sich bei Roderik zu entschuldigen und ihm die fünfzig Schweine zu ersetzen. Aber Roderik würde ihn gar nicht erst zu Wort kommen lassen, sondern auf der Stelle grün und blau prügeln.

Als der erste Schreck soweit verflogen war, dass Erik wieder halbwegs sicher auf den Beinen stand, lief er hinaus, um seine Freunde zusammenzurufen.

Rambert war fürs Kämpfen und bekam vor lauter Aufregung rote Ohren, als er sich und den anderen ausmalte, wie sie Roderik und seine Kumpane in eine Falle locken und dann nach Strich und Faden verhauen würden.

Der alte Bonzo widersprach. Er hielt eine solche Taktik für ganz falsch und höchst gefährlich.

„Niemals", sagte er, „können wir in einem Kampf gegen Roderik und seine Leute bestehen, schon gar nicht, wenn Berengar und Bertran ihm helfen."

„Am besten wär's", überlegte Bonzo weiter, „wenn wir Roderik daran hindern könnten, überhaupt loszuziehen."

Dem stimmten auch die andern zu. Aber wie das zu machen sei, wusste keiner. Mit der Brieftaube konnte Erik eine Nachricht an Sigbert schicken. Aber welche Nachricht sollte das sein?

Bonzo zwirbelte seinen Schnurrbart und sah aus, als hätte er einen Einfall:

„Wie ich Roderik und seine Freunde kenne“, meinte er dann, „sind sie ihres Sieges so sicher, dass sie ihn bestimmt heute Abend im Vorhinein feiern werden. Wir könnten Sigbert bitten, ihnen ein Schlafmittel in den Wein zu schütten. Vielleicht sind sie morgen Früh dann so müde, dass sie den Unfug einfach abblasen.“

„Glaub’ ich nicht“, entgegnete Erik. „Aber das mit dem Schlafmittel ist eine gute Idee, das kann auf keinen Fall schaden.“

Er wollte erst einmal die Brieftaube mit einer entsprechenden Nachricht an Sigbert losschicken, danach aber sollte jeder der vier Männer für sich allein nachdenken, wie die Burg zu retten sei.

Erik selber konnte am besten nachdenken, wenn er dabei herumlief. Er drehte also Runde um Runde auf dem Burghof, und dabei stolperte er dreimal hintereinander über die herumliegenden Bausteine. Beim ersten Mal achtete er nicht weiter darauf, beim zweiten Mal fluchte er, beim dritten Mal aber kam ihm ein Einfall.

Ganz und gar verrückt war der Gedanke. Oder ganz und gar verwegen - wie man es nehmen wollte. Seine Freunde würden ihm das alles bestimmt gleich wieder ausreden, darum besprach sich Erik erst gar nicht mit ihnen.

Er trommelte sie zusammen und sagte zu ihnen: „Jeder von euch reitet in eins von meinen Dörfern. Schleppt mir jeden Mann herbei, der schon einmal zwei

Bausteine aufeinander gelegt hat! Und zu jedem Maurer bringt ihr drei andere Männer als Hilfsarbeiter mit!"

Bonzo sah ihn darauf so verwundert an, als zweifle er an Eriks Verstand. Dann sagte er leise und behutsam, als spräche er mit einem Verrückten:

„Roderik will dir das Dach überm Kopf anzünden, und du denkst an den Bau deiner Bibliothek? Wenn du dich nicht ganz wohl fühlst, leg dich ins Bett und lass dir kalte Umschläge machen."

„Ich hab' jetzt keine Zeit, euch das alles zu erklären", rief Erik aufgeregt. „Reitet los und tut, was ich euch gesagt habe! Bringt auch jeden Wagen und jeden Karren mit, den ihr auftreiben könnt! Und auch ein paar Ackergäule!"

Auf Roderiks Burg herrschte schon den ganzen Tag über ganz ungewohnt geschäftiges Treiben. In der Mitte des Burghofes stand ein riesiger runder Schleifstein, den die Knechte unermüdlich drehen mussten. Daran schärften Roderiks Gefolgsleute ihre Streitäxte, dass die Funken sprühten. Und die Ritter schliffen ihre Schwerter, bis sie scharf wie Rasiermesser waren. Dann ließen sie die Spitzen der Morgensterne zurechtfeilen und ihre Rüstungen auf Hochglanz polieren.

Der alte, schon lange nicht mehr verwendete Rammbock musste überholt werden, und jede Sprosse der Sturmleitern war nachzusehen.

Als dann am Nachmittag alle Waffen und das übrige Kriegsgerät in tadellosem Zustand waren, ließ Roderik seine Freunde und Kumpane auf dem Burghof antreten.

„Allzu lange sind wir bloß herumgehockt“, rief er ihnen zu, „das hat uns ein wenig träge gemacht. Deshalb werden wir eine kleine Turnstunde abhalten, damit wir morgen auch alle gelenkig sind und in den Muskeln schön locker, wie sich's gehört.“

Den anderen wollte diese Anordnung ganz und gar nicht gefallen, aber Roderik war der Burgherr, und sein Befehl galt sogar für Gäste. So blieb ihnen nichts übrig, als ihrem Ärger dadurch Luft zu machen, dass sie wüste Drohungen gegen ihre Gegner ausstießen.

„Den alten Bonzo werd' ich mir zuerst vornehmen“, knurrte zum Beispiel Frankobert beim Dauerlauf, den Roderik zum Aufwärmen angeordnet hatte. „Einzeln werd' ich ihm die Barthaare ausreißen.“

„Dass Rambert mich Ratte genannt hat“, keuchte Rappo beim anschließenden Häschenhüpfen, „das soll er mir morgen büßen. Ich werde ihn gefangen nehmen und ins Verließ sperren, bis ihn die Ratten aufgefressen haben.“

Nach dem fünfzehnten Liegestütz stöhnte Herr Berengar, dem seit dem frühen Morgen schon der Schädel brummte: „Kein Stein bleibt morgen auf dem anderen! Und Herrn Eriks Schädel werde ich mit meiner Keule so lange klopfen, bis er mürbe ist.“

Herr Bertran schließlich schrie dann zwischen den

Kniebeugen: „Kampf auf Leben und Tod!“ Immer wieder nur: „Kampf auf Leben und Tod!“ Mehr konnte er nicht sagen, weil er schon ziemlich außer Atem war.

Sigbert machte die Übungen alle mit - und schwieg. Er hatte Eriks Nachricht erhalten, wusste aber nicht, wie er die Bitte erfüllen sollte. Sehr gerne hätte er den aufgeblasenen Kampfhähnen ein Schlafmittel in den Wein getan, hätte er nur ein Schlafmittel besessen.

Auch Roderik beteiligte sich nur selten am allgemeinen Fluchen. Längst bereute er, dass er gestern so voreilig zum Krieg aufgerufen hatte. Gewiss hatte Erik ihm übel mitgespielt, aber angefangen hatte er ja eigentlich selber. Ihn so lange zu ohrfeigen, bis er versprochen hätte, die fünfzig Schweine zu ersetzen, das wäre ein wahres Vergnügen gewesen. Gegen eine kleine Prügelei mit Erik wäre wirklich nicht das Geringste einzuwenden, aber Roderik fürchtete, dass seine Freunde es dabei nicht belassen würden. Sie würden die Burg dem Erdboden gleichmachen ...

Gerade seiner Gäste wegen konnte Roderik den morgigen Feldzug nicht einfach abblasen. Sie würden dann bestimmt im ganzen Königreich herumerzählen, wie Roderik sich von seinem Nachbarn und Vetter zum Narren hatte machen lassen.

Plötzlich war Roderik so wütend auf seine Gäste, dass er zum Abschluss der Turnstunde noch einen Waldlauf befahl, von dem sie erst eine Stunde später schweißtriefend zurückkehrten. Mit letzter Kraft gelangten sie gerade noch in den Rittersaal, und nachdem sie wieder zu Atem gekommen waren, stimmten sie alle darin überein, dass ein Schlückchen Wein genau das Richtige wäre, um wieder zu Kräften zu kommen.

Sigbert aber meinte: „Ich hab' gestern schon zu viel getrunken. Mir tut der Wein nicht gut, ich vertrag' nicht so viel wie ihr. Ich werde heute einmal aussetzen." Und er bot sich den andern als Mundschenk an. Woher er freilich das Schlafmittel nehmen sollte, wusste er noch immer nicht.

Inzwischen waren Bonzo, Reimbold und Rambert auf Eriks Burg zurückgekehrt. Sechs Männer hatten sie mitgebracht, die des Mauerns halbwegs kundig waren, dazu achtzehn Gehilfen, dann noch zwei Heuwagen und drei Handkarren. Pferde waren nicht aufzutreiben gewesen, dafür aber zwei Ochsen als Zugtiere für den Wagen.

Erik versprach den Bauern, ihnen etwas von ihren Steuern nachzulassen, wenn sie ihm heute Nacht bei einer schweren und wohl auch gefährlichen Arbeit helfen. Die Bauern stimmten zu - schon deshalb, weil (ihrer Erfahrung nach) die Ritter ja ohnehin keinen Widerspruch duldeten.

Dann luden sie auf Eriks Befehl Steine, Holz und anderes Baumaterial, dazu noch ein paar alte Sturmleitern auf die Wagen und Karren. Erik weihte inzwischen seine Freunde in den Plan ein. Er trug ihnen aber allerstrengste Verschwiegenheit auf, weil er fürchten musste, dass die Bauern sich heimlich davonmachen würden, wenn sie erst erfuhren, wie gefährlich ihre Arbeit war.

Bald konnten sie aufbrechen, und bei Sonnenuntergang hatten sie das Flussufer an der Grenze erreicht. Aus Baumstämmen ließ Erik ein großes Floß bauen, darauf wurde das Baumaterial umgeladen.

Langsam trieb das Floß dann flussabwärts und Erik hoffte, dass sie den See und Roderiks Burg noch vor Mitternacht erreichen würden.

Natürlich war es in Roderiks Rittersaal nicht bei dem einen Schluck Wein geblieben. Nachdem die Herren sich erst einmal gestärkt hatten, tranken sie auf den morgigen Sieg. Einer lobte des anderen Tapferkeit in artigen Trinksprüchen, dann fing ein jeder an, von seinen Fahrten, Kämpfen und Abenteuern zu erzählen.

Sigbert hatte alle Hände voll zu tun, die Becher nachzufüllen, denn vom Reden wurden die Kehlen der Herren schnell trocken.

Immer noch wusste Sigbert nicht, wie er Roderik und seine Kumpane einschläfern sollte. Bald würde sie zwar der Wein allein schon schläfrig gemacht haben, aber wenn Erik ausdrücklich ein Schlafmittel wünschte, dann hatte das wohl seinen guten Grund.

Zum dritten Mal musste Sigbert nun schon in den Keller gehen, um frischen Wein zu zapfen. Dabei führte ihn sein Weg jedes Mal am Pferdestall vorbei, aber jetzt erst fiel ihm eine große Flasche in die Augen, die neben der Stalltür auf dem Boden stand.

Er entkorkte sie, roch daran: Es war Franzbranntwein! Damit reiben die Knechte die Pferde ab, wenn sie sich verletzt hatten.

Sigbert nahm die Flasche mit in den Rittersaal und gab jedem der Herren - heimlich - ein paar Tropfen von dem Franzbranntwein in den Becher Wein.

Die Herren tranken und merkten nichts davon. Unverdrossen redeten sie weiter, und ihren Erzählungen nach hätte man jeden Einzelnen von ihnen für den tapfersten, unerschrockensten Recken der Christenheit halten müssen.

Bald musste Sigbert die Becher wieder füllen, und diesmal mischte er schon ein wenig mehr Franzbranntwein dazu. Wieder tranken die Kumpane, prosteten einander zu, tranken wieder - und merkten nichts!

Auf einmal aber wurde Herr Berengar stutzig. Er nahm noch einmal ganz langsam einen Schluck - und Sigbert zuckte zusammen und wurde blass.

„Teufelszeug, das!“, murmelte Herr Berengar. „Der große giftgrüne Drache soll mich beißen, wenn ich schon einmal in meinem Leben so starken Wein getrunken habe!“

Roderik aber erklärte ihm, dass das der edelste Wein von der Welt sei, köstlicher noch als alle Weine Italiens und Burgunds zusammen.

„Ein Wein, den ich nur meinen allerbesten Freunden kredenze!“

Darauf stießen sie wieder an und leerten ihre Becher auf einen Zug und ließen den so überaus großzügigen Gastgeber ein ums andere Mal hochleben.

Nun hatte Sigbert gewonnen: Jedes Mal, wenn er nachschenkte, tat er ein wenig mehr Franzbranntwein dazu, und er musste gar nicht lange warten, bis der höllisch starke Alkohol seine Wirkung tat und einer nach dem andern unter den Tisch fiel.

Sigbert war zufrieden und sagte zu sich selber: „Sogar wenn heute Nacht zum Jüngsten Gericht geblasen würde, wacht von denen keiner auf, nicht vor morgen Mittag."

Er selber konnte es aber vor Neugier kaum noch aushalten, so gespannt war er darauf, was in dieser Nacht geschehen würde.

Es war eine sternenklare Nacht, und der Mond spiegelte sich im schwarzen See. Vor dem sanften Wind liefen kleine Wellen her und schlugen leise ans Ufer. Ein Käuzchen schrie. Sonst war es ganz still, als Erik das Floß unter der Burgmauer festmachen ließ.

Die Bauern waren auf der langen Fahrt den Fluss hinunter eingeschlafen und jetzt nur mit Mühe wachzukriegen. Leise vor sich hin fluchend, fingen sie an, das Baumaterial abzuladen.

Behaglich war Erik nicht gerade zu Mute. Der Plan war gefährlich. Zugleich aber hatte er des Nachts im Freien Angst, wie jedermann in jenen alten Zeiten. Man war abergläubisch und glaubte, dass in der Nacht Gespenster und Dämonen umgingen.

Erik musste plötzlich lachen, als ihm einfiel, dass sich Roderik - als sie noch zur Schule gegangen waren - in der Nacht niemals allein ins Freie gewagt hatte.

Als alle Steine und Hölzer unter der Burgmauer aufgestapelt waren, befahl Erik den Bauern, den Mörtel anzurühren. Er selber stellte mit seinen Freunden die Sturmleitern auf - unter den Fenstern des Rittersaales.

Roderiks Burg war (wie auch jene von Erik) klein. Sie bestand nur aus einem größeren Gebäude mit Küche und Rittersaal, aus dem daran angebauten Turm mit den Schlafgemächern und aus den Ställen. Untereinander waren die Gebäude durch die Burgmauer verbunden.

Jetzt war der Mörtel fertig, und die Maurer konnten auf die Leitern klettern. Die Arbeit ging den Männern flink von der Hand, und schon eine halbe Stunde nach ihrer Ankunft hatten sie alle drei Fenster des Rittersaales zugemauert.

Dann kamen die Küchenfenster an die Reihe, dann die Fenster der Schlafkammern im Turm, schließlich sogar noch die Stallfenster. Kurz vor dem Morgengrauen war in den Mauern der Burg keine einzige Öffnung mehr zu sehen.

Gerne hätte Erik auch noch das Burgtor zumauern lassen, aber da die Zugbrücke aufgezogen war, hätte dies von innen geschehen müssen, und über die Mauer in den Burghof zu klettern, kam Erik doch allzu gewagt vor. So ließ er nur ein paar ellenlange Nägel durch die hochgeklappte Zugbrücke hindurch in das Holz des Tores schlagen.

Als Roderik die Augen aufschlug, war die Mittagszeit vorüber. Da es aber stockfinster war, dachte Roderik, dass er ruhig noch weiterschlafen könnte. Allerdings tat ihm der Rücken weh (vom Liegen auf dem Steinfußboden), und es war ihm so übel, dass er auf die Burgmauer steigen wollte, um sich zu übergeben.

Beim Aufstehen stieß Roderik von unten so heftig gegen die Tischplatte, dass ihm fast Hören und Sehen verging. Er rieb sich den Schädel und spürte, wie eine gewaltige Beule wuchs.

Auf allen vieren kroch er schließlich unter dem Tisch hervor.

Die Tür zum Burghof war nur angelehnt, und durch den Spalt fiel ein schmaler Streifen Licht in den dunklen Raum.

Roderik öffnete sie und musste die Augen schließen, so sehr blendete ihn das helle Tageslicht.

„Bei meiner Streitaxt", murmelte Roderik verwundert, „irgendetwas stimmt da nicht."

Er ließ die Tür offen stehen, kehrte in den Rittersaal zurück und sah seine Kumpane unter dem Tisch liegen.

Dunkel erinnerte er sich daran, dass sie gestern Abend gewaltige Mengen Wein getrunken hatten. Er erinnerte sich aber auch, dass es gestern noch drei Fenster im Rittersaal gegeben hatte.

„Aufstehen!", schrie Roderik plötzlich und weckte seine Freunde mit ein paar kräftigen Fußtritten. „Aufstehen! An die Waffeeeen! Jemand hat meine Fenster gestohlen!“

Die anderen brauchten eine ganze Weile, bis sie begriffen hatten, was Roderik meinte. Und dann wagte Frankobert den Einwand, dass man Fenster gar nicht stehlen könne.

„Warum nicht, du Klugscheißer!“, schrie Roderik aufgebracht. „Gestern waren die Fenster noch da, heute sind sie fort, also muss einer sie gestohlen haben.“

„Ein Fenster ist nur ein Loch“, belehrte ihn Frankobert, „hab’ noch nie gehört, dass man ein Loch stehlen kann.“

„Besserwisser!“, schimpfte Roderik und beförderte Frankobert mit einem gewaltigen Tritt hinaus in den Burghof (seine Leute mit Füßen zu treten war eine Angewohnheit von ihm).

Der Alkohol vernebelte immer noch die Köpfe der fünf Männer, und so verging mehr als eine halbe Stunde, bis sie endlich begriffen hatten, was in der Nacht wirklich geschehen war.

Nach einer weiteren halben Stunde waren sie sich einig, dass ihnen nur Erik de la Montagne diesen Streich gespielt haben konnte.

Auf der Stelle wollten sie losziehen, um ihn zu fangen, damit sie ihn rädern, köpfen und vierteilen konnten. Aber sie waren ja in der Burg eingesperrt, weil auch das Tor vernagelt war.

Roderik befahl seinen Knechten, die vermauerten Fenster mit dem Rammbock wieder aufzubrechen, und kommandierte auch seine Kumpane und sogar seine Gäste zur Arbeit ab.

Herr Bertran wandte ein, dass es wohl klüger wäre, zuerst das Tor aufzubrechen, wenn sie Erik bestrafen wollten. Aber Roderik ließ sich nichts dreinreden, klüger oder nicht, er war der Herr und bestimmte, was zu geschehen hatte. Wäre Herr Bertran kein Ritter gewesen, hätte Roderik gewiss auch ihm einen Fußtritt verpasst.

Jedenfalls wurden erst die Fensteröffnungen aufgebrochen, und alle mussten dabei mithelfen, da verstand Roderik keinen Spaß. Dann erst wurde auch das Tor aufgemacht, und diese Gelegenheit nützten die Herren Bertran und Berengar - und empfahlen sich.

Sie waren hierher gekommen, um mit Roderik zu trinken, zu jagen und möglicherweise zu kämpfen. Keinesfalls aber, um für ihn zu arbeiten wie irgendein Bauer. Deshalb erklärten sie ihrem Gastgeber, ihnen sei ganz plötzlich eingefallen, dass sie längst zu Hause auf ihren Burgen sein sollten, dort würden sie schon seit Wochen erwartet, und deshalb müssten sie sich augenblicklich auf den Weg machen.

Roderik ließ sie ziehen, schrie noch „Faule Bande!“ und „Schmarotzer!“ hinter ihnen her und war im Übrigen froh, die beiden los zu sein.

Gegen Abend kamen dann zwei Bauern auf seine Burg. Sie trieben eine kleine Herde von zwanzig Schweinen vor sich her. Erik hatte sie geschickt, und sie mussten bestellen:

„Unser Herr bittet den edlen Herrn Roderik de la Plaine, diese Tiere als kleine Entschädigung anzunehmen. Außerdem lässt unser Herr schöne Grüße ausrichten, und Herr Roderik möge sich Kriegsdrohungen künftighin besser überlegen."

Die Bauern jagte Roderik von der Burg, die Schweine aber nahm er gerne in Empfang.

# Kapitel 4

## Ein Turm wie eine Leberwurst

*oder: Wie man den König beschwindelt*

Natürlich wusste Roderik: Es konnte auf die Dauer nicht geheim gehalten werden, dass er seine eigenen Schweine gejagt und dass Erik ihn in seiner eigenen Burg eingesperrt hatte. Wahrscheinlich hatten es Bertran und Berengar inzwischen ohnehin schon überall erzählt. Wenn Roderik nicht wollte, dass alle Welt über ihn lachte, musste er sich rächen.

Durch Zufall erfuhr er: Erik hatte bei einem der italienischen Händler, die damals durch die Lande zogen, drei Fässer Wein bestellt.

„Wie wäre es", fragte Roderik nun seine Kumpane, „wenn wir Herrn Erik seinen eigenen Wein kaufen ließen?"

Die Gefolgsleute verstanden nicht gleich, aber Roderik setzte ihnen seinen Plan auseinander.

In einer Neumondnacht ritten sie zu Eriks Burg, kletterten über die Mauer, drangen in den Weinkeller ein und konnten unbemerkt drei Fässer fortschaffen. Sie versteckten die Fässer im Wald, nicht weit von dem

Weg entfernt, den der Händler würde nehmen müssen.

Zwei Tage später schon erhielt Roderik Nachricht, dass der Italiener unterwegs war. Sofort brach er mit seinen Gefolgsleuten auf, und sie legten sich auf die Lauer.

Der Italiener saß auf einem hochrädrigen, von zwei Ochsen gezogenen Karren, auf dem nur die drei für Erik bestimmten Weinfässer geladen waren.

Auf Roderiks Geheiß sprang Rappo unmittelbar vor dem Karren aus den Büschen und schrie aus voller Kehle: „Hilfe! Ein Bär ist hinter mir her. Rette sich, wer kann!"

Der Weinhändler wurde blass, zögerte einen Augenblick, sprang dann vom fahrenden Karren und verkroch sich im Unterholz.

Roderik aber brachte mit Frankobert und Sigbert den Karren zum Stehen, sie hoben die drei Fässer herunter und luden stattdessen jene Fässer aus Eriks Keller auf.

Dann riefen sie den Italiener zurück, erklärten ihm, sie hätten den Bären in die Flucht geschlagen, nahmen den Dank des Weinhändlers entgegen und wünschten ihm eine gute Reise. Die drei Fässer vom Karren aber schafften sie nach Hause.

Einen Tag später erhielt Erik einen Brief von Roderik, in dem zu lesen stand, Erik möge sich den Wein aus seinem eigenen Keller recht gut schmecken lassen.

Das konnte Erik nicht auf sich beruhen lassen. Er wollte Roderik allerdings nicht allzu sehr reizen und ließ deshalb im nächsten Frühjahr nur dessen Zugbrücke heimlich ein wenig ansägen.

Im Sommer darauf wollte Erik endlich mit den Renovierungsarbeiten an seiner Burg beginnen - Roderik erfuhr davon.

Das neue Baumaterial war erst vor wenigen Tagen geliefert worden und lagerte noch unter dem Burgfelsen. So konnte Roderik sich bei einem heimlichen nächtlichen Besuch in aller Ruhe umsehen. Außer den Steinen und dem Bauholz gab es da auch ein großes Fass voll Kalk, der zur Herstellung des Mörtels benötigt wurde. Im Mondlicht schimmerte der Kalk wie frischer Schafkäse, und das brachte Roderik auf eine Idee.

Gleich am nächsten Morgen schickte er alle seine Gefolgsleute und Knechte in seine Dörfer. Sie mussten den Bauern jedes auch noch so kleine Stück Schafkäse wegnehmen. Diesen Käse ließ er in einem Fass sammeln, das dem Kalkfass aufs Haar glich, und in der darauf folgenden Nacht wurden die Fässer ausgetauscht.

Die Maurer bemerkten natürlich gleich, dass hier etwas nicht in Ordnung war. Solchen Kalk hatten sie ihr Lebtag noch nicht gesehen. Sie meldeten dem Burgherrn, dass dieser Kalk zum Himmel stinke.

Erik war gerade dabei, einen Wandteppich zu sticken, der später einmal den Rittersaal schmücken sollte. Ein bisschen schämte er sich, weil die Maurer ihn bei dieser höchst unritterlichen Arbeit ertappt hatten, deshalb hörte er den Männern gar nicht richtig zu. Er sagte ihnen nur, der Kalk sei schon in Ordnung, ein zuverlässiger Händler habe ihn geliefert, die Männer sollten also schleunigst an die Arbeit gehen.

Weil es in diesen Zeiten für einen Handwerker nicht ratsam und oft auch sehr ungesund war, einem Ritter zu widersprechen, zuckten die Maurer nur die Achseln und taten, wie Erik ihnen befohlen hatte.

Sie rührten den Mörtel mit dem Käse an, errichteten eine Mauer, so wie Erik sie wünschte, empfingen ihren Lohn und verließen schleunigst die Burg.

Ein paar Tage später begann die Mauer ganz grauenvoll zu stinken und zwischen den Steinen tropfte milchweiße Flüssigkeit hervor. Nicht lange, und sie stürzte ganz in sich zusammen. Die Trümmer waren bald weggeräumt, der Gestank aber lag noch wochenlang über der Burg.

Das verdross Erik, und er beschloss, seinem Vetter einen noch gröberen Denkzettel zu verpassen.

Nach den ersten Regenfällen des Herbstes mussten seine Bauern den Abfluss des Sees heimlich mit einem Damm absperren. Der Wasserspiegel des Sees stieg daraufhin von Stunde zu Stunde, und als Roderik am nächsten Morgen aus dem Bett stieg, stand er knöcheltief im Wasser. Die Überschwemmung hatte eine ganze Menge Schlamm mitgebracht und es dauerte zehn Tage, bis die Burg davon wieder gereinigt war.

Im ganzen Königreich verbreitete sich die Kunde von den beiden Rittern, die einander nur derbe und manchmal auch recht alberne Streiche spielten, anstatt gegeneinander zu kämpfen, wie es seit alters her Ritterbrauch war.

Gewöhnlich erfuhr König Artus als Letzter, was in seinem Reich vorging, endlich aber hörte auch er von Erik und Roderik. Er geriet in Zorn und schrie:

„Das geht denn doch zu weit! Hier werden die Grundlagen des christlichen Abendlandes zerstört. Wo

*Einzig wahrhafte Abkonterfeiung des edlen Ritters*

kommen wir denn hin, wenn das ganze Land über zwei Ritter lacht? Über einen Ritter gibt's nichts zu lachen. Ein Ritter hat dem Volk Furcht und Schrecken einzuflößen. Jemandem, über den man lachen kann, wird man keine Steuern mehr zahlen, und das ist der Untergang unserer Zivilisation!"

Die Ritter seiner Tafelrunde ließen sich schnell die Becher noch einmal füllen, stießen auf ihren König an, priesen ihn für diese kluge und vorausblickende Rede und ließen ihn zehn-, zwölfmal hintereinander hochleben. Schließlich schlug dann einer von ihnen vor, die Herren Erik und Roderik zu besuchen, um an Ort und Stelle nach dem Rechten zu sehen.

König Artus nahm den Vorschlag gerne an, denn seine Kasse war wieder einmal leer. Er wollte mit all seinen Rittern und ihrem Gefolge in jene Länder zwischen dem Gebirge und dem Meer ziehen. Das befreite ihn für ein paar Wochen von allen Geldsorgen. Denn natürlich mussten Erik und Roderik als Gastgeber für Speis und Trank sorgen.

Daran dachten auch Erik und Roderik sofort, als ein Eilbote sie von der bevorstehenden Ankunft des Königs verständigte.

Die Lage war ernst genug, um einen Waffenstillstand zu schließen, und so trafen sie sich zu einer Besprechung.

„Am besten wird es sein“, schlug Roderik vor, nachdem sie einander begrüßt und auch ein wenig beflegelt hatten, „wir schreiben dem König, dass wir leider, leider gerade zu der Zeit, wo er uns besuchen will, selber verreisen müssen. Er soll den Besuch doch bitte um zehn oder fünfzehn Jahre verschieben.”

Erik aber gab zu bedenken, dass der König ihnen das gewiss sehr übel nehmen würde.

„Hätte mich auch sehr gewundert, wenn du mir eine gute Idee zugetraut hättest. Ich bin vielleicht nicht der Klügste, aber so dumm, wie du glaubst, bin ich noch lange nicht!“, meinte Roderik beleidigt. „Ich bin jedenfalls fürs Verreisen.“

„Einen König kannst du nicht einfach ausladen!“, entgegnete Erik.

„Ich hab' ihn auch nicht eingeladen“, sagte Roderik trotzig.

„Eben“, meinte Erik, „deshalb würde er es uns besonders übelnehmen, wenn wir …“

Er stockte.

Ihm fiel ein, dass das Problem noch viel schwieriger sei, als er zuerst gedacht hatte.

Ihre beiden Burgen waren der Streiche wegen, die sie einander gespielt hatten, in einem trostlosen Zustand. Und wenn Erik an seine Dörfer dachte, wurden ihm die Knie weich.

Allzu oft hatte er die Bauern von ihrer Arbeit weggeholt, um mit ihrer Hilfe seinem Vetter wieder einmal eins auszuwischen.

Natürlich hatte Roderik Recht:

Am besten wäre es, wenn Artus nicht käme. Aber er sah keine Möglichkeit, das zu verhindern, ohne den König zu verstimmen.

„Und wenn er beleidigt ist“, meinte Erik, „dann weißt du bei ihm nie, was er tut, er ist ein ziemlich launenhafter Kerl. Am Ende hetzt er uns noch seine Ritter auf den Hals.“

„Sollen nur kommen, die Burschen“, knurrte Roderik, „denen will ich schon heimleuchten!“

„Unsinn“, beschwichtigte ihn Erik. „Mit allen zwölfen kannst du's nicht aufnehmen. Und ich wäre dir vermutlich keine allzu große Hilfe. Unsere Burgen wenigstens müssten wir schnell noch ein bisschen herrichten...“

„Das dauert Jahre!“, spottete Roderik. „Artus will aber schon in einer Woche hier sein.“

„Zum Bauen reicht die Zeit natürlich nicht“, gab Erik zu, „aber dass alles ein bisschen netter aussieht, das müsste sich schon machen lassen.“

„Na schön“, meinte Roderik. „Aber woher willst du das Geld nehmen, um die Kerle zu verpflegen?“

Das war allerdings das schwierigste Problem.

„Wir werden nicht umhinkönnen“, sagte Erik, „unseren Bauern eine kleine Sondersteuer aufzuerlegen. Aber das wird wohl auch nicht reichen ...“

„Ich hatte schon lange vor, das Sankt-Michael-Kloster ein wenig auszurauben“, gestand Roderik.

„Da mach' ich nicht mit“, entgegnete Erik. „Falls du aber Hilfe brauchst, könnte ich dir einen meiner Gefolgsleute leihen: Der dicke Rambert würde sich bestimmt freuen, wieder einmal rauben und plündern zu dürfen wie in alten Zeiten, als er noch meinem Vater gedient hat."

„Einverstanden", sagte Roderik.

So war Roderik mit seinen eigenen Leuten und dem geliehenen Rambert in den nächsten Tagen unermüdlich unterwegs, um aus den Bauern hüben wie drüben jeden auffindbaren Groschen herauszupressen. Als krönenden Abschluss wollten sie dann das Kloster überfallen.

Erik war inzwischen damit beschäftigt, die beiden Burgen zu verschönern. Auch je eines der Dörfer auf seinem und auf Roderiks Gebiet wollte er so weit herrichten, dass man es den hohen Gästen zeigen konnte.

Keine zehn Meilen von Eriks Burg stand eine kleine Wallfahrtskirche. Ein französischer Maler war eben dabei, sie auszuschmücken. Diesen Franzosen ließ Erik auf seine Burg holen.

Im Keller hatte er ein paar dicke Ballen festen Leinens gefunden, das ließ er über die schäbigen Burgmauern spannen. Und schon konnte der Maler ans Werk gehen. Er musste das Leinen so kunstgerecht überpinseln, dass es wie festes Mauerwerk aussah.

Der Künstler tat aber sogar noch mehr: Er malte Erker, kleine Säulen und Fenstereinrahmungen, und das alles sah aus ein paar Metern Entfernung so täuschend echt aus, dass sogar Roderik an Zauberei dachte, als er von seinem Raubzug heimkehrte.

Nach den beiden Burgen kamen die Dörfer an die Reihe, die Erik für diesen Zweck ausgewählt hatte. Weil es zwei allzu kleine Dörfer waren, wurden in aller Eile ein paar weitere Häuser errichtet, die nur aus dünnen bemalten Wänden und einem Leinendach darüber bestanden.

Als auch das geschehen war, blieb immer noch ein großes Stück Leinen übrig. Weil Erik sich schon lange einen zweiten Turm auf seiner Burg gewünscht hatte, ließ er vier hohe Stangen aufrichten und mit dem Leinen umspannen. Dann machte sich der Maler wieder ans Werk.

Die Farben am neuen Turm waren noch nicht trocken, da meldete einer der Knechte auch schon, dass König Artus mit seinem Gefolge im Anzug war.

Es war vereinbart worden, dass Artus zuerst auf Eriks Burg kam und dann von Erik zu Roderik geleitet wurde. Jetzt ließ Erik die Knechte und Mägde schnell auf der einen Seite des Burghofs, die Gefolgsleute aber auf der anderen Seite Aufstellung nehmen.

Reimbold strahlte wie ein frisch polierter Taler. Da er alle Heldenlieder kannte, wusste er wie kein anderer über die ruhmreichen Taten jedes einzelnen Ritters der Tafelrunde Bescheid. Diesen Herren sollte er nun leibhaftig begegnen, das würde gewiss der schönste Tag in seinem Leben werden!

Erik selber erwartete seine Gäste unter dem Burgfelsen, dann ritt er ihnen voran den steilen Pfad hinauf. Unter dem Burgtor hielt er an, begrüßte den König und seine edlen Begleiter noch einmal, hernach hielten sie feierlichen Einzug.

Den König und seine Ritter hatte Erik zum letzten Mal vor vier Jahren gesehen, als er selber zum Ritter geschlagen worden war. Artus war jetzt noch dicker als damals, er konnte gewiss über seinen Bauch die Fußspitzen nicht mehr sehen. Seine Ritter aber boten einen noch jämmerlicheren Anblick.

Auf den ersten Blick konnte man sie in zwei Gruppen teilen: Die einen waren nichts weiter als die Stammtischbrüder des Königs. Man erkannte sie leicht an den rot leuchtenden Säufernasen. Die anderen aber waren durch ihre vielbesungenen Abenteuer berühmt geworden: Mordred, der Neffe des Königs, dann Lancelot, Erec und Iwain, Perceval und Gawain.

Als Erik sie jetzt ansah, dachte er, dass sie ihr abenteuerliches Leben doch wohl ein bisschen früher hätten aufgeben sollen. Der eine humpelte erbärmlich, einem fehlte ein Ohr, einem zweiten die Nasenspitze, noch einem hatte jemand das Auge ausgestochen. Keiner war darunter, der nicht durch böse Narben entstellt war.

Auch Guinevra, die Königin, war mitgekommen. In ihrer Begleitung befanden sich mehrere junge Damen des Hofes, die Erik sehr gut gefielen.

Nachdem Artus für seinen freundlichen Empfang gedankt und die so überaus schmucke Burg bewundert hatte, sah der König sich unter Eriks Gefolgsleuten um und ging dann auf Reimbold zu, dem als dem Ältesten der drei die Ehre zustand, als Erster begrüßt zu werden.

Obwohl Artus den alten Reimbold noch nie in seinem Leben gesehen hatte, sagte er zu ihm:

„Seid mir gegrüßt, mein Freund, viel Gutes hab' ich schon gehört von Euch."

# VIVAT DER

Reimbold hatte sich fest vorgenommen, den König seine Schwerhörigkeit nicht merken zu lassen. Den ersten Satz hatte er auch ganz richtig von des Königs Lippen abgelesen, als Artus dann aber fortfuhr, „Ihr sollt in Eurer Jugend ein tapferer Krieger gewesen sein“, da verstand Reimbold schon wieder ganz falsch und antwortete:

„Ja, ja, er schmeckt mir noch immer, der Wein.“

„Soso“, meinte Artus ein wenig verwirrt. Und weil

ihm nichts Besseres einfiel: „Ihr zählt wohl schon an die sechzig Jahre?"

„Nein, nein", gab Reimbold zurück. „Ich hab' noch alle meine Haare." Dabei zog er die Feiertagsmütze vom Kopf, um dem König zu zeigen, dass er noch keine Glatze hatte.

„Erfreulich für Euch", murmelte Artus. „Wie famos!"

„Was ist los?", fragte Reimbold und setzte die Mütze wieder auf.

Der König wusste nicht recht, woran er bei diesem Alten war, darum sagte er: „Wir werden ja noch Gelegenheit genug zum Plaudern haben ..."

„Ganz recht", pflichtete Reimbold ihm jetzt freudig bei, „statt hier lange zu reden, sollten wir uns drinnen an der Festtafel laben."

„Eh? Hm. . . ja ja", sagte Artus, drehte sich um, wollte auch Rambert und Bonzo begrüßen, sah aber, dass die meisten seiner Ritter schon ins Haus gegangen waren, da schritt auch er zu Tisch.

Als sich gegen Abend dann die Königin mit ihren Damen in die bereitgestellten Gemächer zurückgezogen hatte und der König mit seinen Rittern zwar noch immer an der Festtafel saß und trank, da atmete Erik erleichtert auf. Dieser erste Tag war also gut vorübergegangen.

Er trat hinaus in den Burghof, um ein bisschen frische

Luft zu schnappen und nach dem Wetter zu sehen. Dass ein plötzlicher Regen alle Farbe von der Leinwand waschen könnte, das war Eriks größte Sorge, daran durfte er gar nicht denken. Alle Stoßgebete, die ihm einfielen, schickte er zum Himmel, damit das schöne Wetter wenigstens noch ein paar Tage anhielte.

Am nächsten Morgen war König Artus schon zeitig auf den Beinen, denn er schlief nicht mehr gut. Als Erik ihn entdeckte, ging er gerade auf den Turm zu, der gar kein Turm war.

Rasch lief Erik zu ihm hin, begrüßte ihn aufs Herzlichste, bestellte ihm, die Frühstückssuppe stehe schon auf dem Tisch (obwohl sie noch nicht einmal auf dem Herd stand), und versuchte alles, um den König daran zu hindern, dem Leinwandturm allzu nahe zu kommen.

Aber der König hatte sich in den Kopf gesetzt, noch vor dem Frühstück diesen famosen neuen Turm zu besteigen.

„Ein bisschen Bewegung vor dem Frühstück tut mir gut. Es gibt keinen gesünderen Frühsport als Treppensteigen."

Stotternd suchte Erik nach Ausreden. „Die Treppe da-d-drinnen ist aber sehr steil."

„Umso besser", gab Artus zurück. „Je steiler, umso gesünder."

„Neulich erst ist einer abgestürzt, die Treppe ist nämlich mo-mo-morsch!"

„Das muss ein Tollpatsch gewesen sein", sagte der König, dann stutzte er aber: „Eine morsche Treppe in einem funkelnagelneuen Turm, wie seltsam."

„Ja .. ., ja..., das ist nämlich so.. .", begann Erik. Aber plötzlich fiel ihm nichts mehr ein. Ganz leer war sein Gehirn auf einmal.

Er konnte nur noch an das eine denken: Dass der König gleich merken würde, dass der Turm nur aus vier Stangen und aus Leinwand bestand.

„Die Aussicht muss herrlich sein von da oben", meinte Artus und ging weiter.

In diesem Augenblick gellte aus dem Fenster einer der für die Damen reservierten Kemenaten eine schrille Stimme über den Burghof:

„Artuuuuuus! Komm endlich, mein kleiner Putzimann!"

Ehe Erik überhaupt wusste, woher die Stimme kam, sagte der König schon: „Meine Frau. Sie entschuldigen mich einen Augenblick, Herr Erik."

„Putzimann!", hörte man wieder. „Wo ist denn mein Putzimandi?"

„Ich komme, mein Lämmchen!", schrie Artus als Antwort zurück, dann flüsterte er Erik ins Ohr: „In der Früh kann sie ohne mich nicht auskommen, ich muss ihr das Mieder schnüren. Sie ist ziemlich dick geworden in den letzten Jahren und traut sich ohne Mieder nicht mehr unter die Leute. Natürlich könnte ihr eine von ihren Damen helfen, aber grad die sollen ja nicht wissen, wie dick sie wirklich ist!“

Er stieß Erik den Ellbogen in die Rippen, räusperte sich und schritt davon.

Gerade in diesem Augenblick kam böiger Wind auf, die Leinwand am neuen Turm knatterte und blähte sich auf, bis der Turm wie eine Leberwurst aussah. Wieder dachte Erik, dass jetzt alles zu Ende sei. Er lief hinter dem König ins Haus und wollte, komme was wolle, den Wursturm einfach nicht mehr sehen.

Nach dem (sehr ausgiebigen) Frühstück aber hatte der Wind sich wieder gelegt und der König hatte längst darauf vergessen, dass er diesen Turm hatte besteigen wollen.

Auf dem Tagesprogramm stand heute die Besichtigung eines der Dörfer.

Gewöhnlich war dieses Dorf, das Erik verschönern hatte lassen, zu Pferd leicht in zwei Stunden zu erreichen.

Der König und sein Gefolge aber ritten länger als vier Stunden, weil die Ritter der Tafelrunde unterwegs immer wieder in Streit gerieten.

Sie stritten darüber, ob der Vogel, der da eben vorbeigeflogen war, eine Elster oder ein Zaunkönig war. Oder ob es in diesem Herbst mehr oder weniger Wild als im Vorjahr geben würde.

Sie stritten um des Streitens willen, und kaum hatten sich zwei von ihnen auch nur fünf Minuten lang gezankt, da wollten sie die Streitfrage auch schon durch einen Zweikampf klären. Es dauerte dann immer eine ganze Weile, bis König Artus den Zwist wieder beigelegt hatte und der Zug weiterreiten konnte.

Das Dorf versetzte alle in großes Erstaunen. Ein so gepflegtes Dorf hatte noch keiner der Gäste gesehen.

Der König klopfte Erik leutselig auf die Schulter und meinte, dass er nur halb so viele schlaflose Nächte hätte, würden alle Dörfer seines Reiches wie dieses aussehen. Den Bauern hatte Erik neue Kleider spendiert und strengste Verschwiegenheit befohlen. Sie standen jetzt am Rand des Platzes und brachten den hohen Besuchern ihre stumme Huldigung dar.

Artus war zufrieden, und es sah ganz danach aus, als wolle er das Zeichen zur Rückkehr geben.

So ist also auch das gut gegangen, dachte Erik und seufzte erleichtert auf.

Da ritt der König aber auf eines der Häuser zu, die Erik von dem französischen Maler hatte errichten lassen und die eigentlich gar keine Häuser waren.

„Ein Haus sollten wir uns doch von innen ansehen", meinte der König und glaubte Erik damit einen Gefallen zu tun. „Wäre doch jammerschade, hier gewesen zu sein und nicht ein einziges Haus von innen gesehen zu haben. Außerdem war ich noch nie in einem Bauernhaus."

„Wa-warum ge-ge-gerade d-d-das da?“, stammelte Erik entsetzt.

„Weil das das schönste von allen ist“, gab Artus zur Antwort. „Wenn schon, dann will ich natürlich das schönste sehen.“

„Vo-Vorsicht!“, schrie Erik. .,Ni-ni-nicht reingehen!“

„Wie-wie-wieso nicht?“, fragte Artus, den Erik so erschreckt hatte, dass er nun auch stotterte.

„Da drinnen liegt ein kranker Mann ...“

„Dann wollen wir dem armen Kerl doch gute Besserung wünschen“, meinte der König huldvoll. „Bestimmt wird er durch die Ehre, die ich ihm damit erweise, auf der Stelle wieder gesund. Was hat er denn?“

„Zahnweh“, sagte Erik und hätte das Wort am liebsten wieder eingefangen und hinuntergeschluckt.

„Wenn's weiter nichts ist“, lachte der König, „gehn wir also hinein.“

„Vo-Vorsicht!“, rief Erik wieder. „Die Krankheit ist sehr ansteckend!“

„Wie?“ Jetzt sah der König auf einmal misstrauisch aus. „Zahnweh soll ansteckend sein? Was für ein Unsinn! Sie wollen mich doch nicht etwa auf den Arm nehmen, mein Herr ...“

„Würde ich mir nie erlauben, Majestät, aber ... Ah, ja.. . nämlich... weil. . . der Mann da drinnen, der hat kein gewöhnliches Zahnweh, sondern eben das ansteckende Zahnweh. . . Bei uns noch nicht so bekannt, eine Krankheit, die ganz neu ist ... Eben erst aus dem Orient eingeführt, jawohl, darum heißt's ja auch: das orientalische Zahnweh. . . Und das ist die ansteckendste Krankheit von der Welt. Man braucht einem, der daran leidet, nur auf zehn Fuß nahe kommen, schon ist man angesteckt und verliert spätestens in der nächsten Vollmondnacht alle Zähne."

Weil Erik sah, dass der König nun doch unsicher geworden war, fügte er schnell hinzu:

„Und Majestät brauchen Ihre Zähne doch zum Essen. Übrigens! Da drüben, im Haus gegenüber, habe ich einen kleinen Imbiss vorbereiten lassen."

Das half.

Artus leckte sich die Lippen, hatte den seltsamen Kranken augenblicklich vergessen und schritt den anderen voran zur Tafel.

# Kapitel 5

## SCHNELLIGKEIT IST ALLES

*oder: Wie man ein Turnier gewinnt*

Wann immer der König in den nächsten Tagen hinter einen Schwindel zu kommen drohte, bat Erik ihn zu Tisch. Das war ein verlässliches, einfaches, aber auch kostspieliges Mittel. Von den Tafelrunderittern hatte Erik nicht viel zu befürchten, sie waren entweder mit Essen, Trinken oder Streiten beschäftigt. Und die Damen gingen des sonnigen Wetters wegen nicht aus dem Haus, sie wollten sich nämlich ihre schöne weiße Haut bewahren.

Artus blieb mit seinem Gefolge bei Erik, bis die Vorratskammer und der Weinkeller leer waren, und meinte dann: „Jetzt sollten wir Herrn Roderik de la Plaine aber nicht mehr länger auf die Ehre unseres Besuches warten lassen."

So ließen sie es sich denn auch auf Roderiks Burg wohl sein, und erst als auch hier die Vorräte in Küche und Keller zur Neige gingen, erinnerte sich der König daran, weshalb er eigentlich hergekommen war.

Er fing an, Erik und Roderik bei den abendlichen

Trinkgelagen über die ritterlichen Tugenden (die vor allem in der Kampfbereitschaft bestanden) zu belehren, und sie hörten sich das alles gleichmütig und bald auch gelangweilt an, weil sie das ja bis zum Überdruss auf der Ritterschule gehört hatten. Heimlich hofften sie aber, dass die Besucher bald wieder abreisen würden.

Da verkündete Artus eines Abends, er habe beschlossen, seinen Besuch mit einem Turnier zu krönen. Er hatte in Roderiks Besitz einen wunderschönen goldenen Becher entdeckt, der sollte dem Sieger des Turniers als Preis überreicht werden.

„Nett von ihm", flüsterte Roderik seinem Vetter zu, „dass er einen Preis stiftet, der mir gehört. Wenn ich den Becher behalten will, und - bei meiner Streitaxt - das will ich, dann muss ich wohl oder übel das Turnier gewinnen."

„Wir müssen das Turnier verhindern", flüsterte Erik aufgeregt. „Ich denke überhaupt nicht daran, mich mit all diesen Kerlen zu prügeln." Damit meinte er die Ritter der Tafelrunde. „Und denk bloß daran, was so ein Turnier kostet! Bestimmt müssen wir wieder alles bezahlen."

Das leuchtete Roderik ein. Darum erklärte er dem König, dass es leider ganz unmöglich sei, ein Turnier zu veranstalten (obwohl er den hochnäsigen Begleitern des Königs gern gezeigt hätte, wie ein einfacher Ritter vom Land dreinzuhauen verstand). Es sei nämlich, erklärte er, weit und breit kein geeigneter Platz für ein Turnier zu finden.

Artus tat den Einwand aber mit einer Handbewegung ab und schlug vor: „Sie haben Dörfer genug, mein lieber Roderik. Lassen sie in einem davon die Häuser abreißen und die Felder einebnen, schon haben wir einen Turnierplatz, wie wir ihn uns besser nicht wünschen können."

Roderik wandte ein, dass ein Dorf weniger auch weniger Abgaben und Steuern bedeute. Aber der König meinte, ein kleines Opfer müsse ihm die Ehre, ein königliches Turnier veranstalten zu dürfen, doch wohl wert sein.

So musste Roderik also an die Vorbereitungen gehen. Er wollte das kleinste Dorf schleifen lassen, aber der König bestand darauf, dass es jenes Dorf sei, das der Burg am nächsten lag, damit man am Abend des Turniertags keine Zeit verliere und auf schnellstem Weg zum Abschlussumtrunk in die Burg kommen könne.

Als die Ritter der Tafelrunde hörten, dass ein ganzes Dorf der Zerstörung preisgegeben werde, erklärten sie sich augenblicklich bereit, ihrem Gastgeber diese Mühe abzunehmen.

Bisher hatten sich die zwölf Herren zwar ausgiebig von Erik und Roderik bewirten lassen, aber kaum ein Wort mit den beiden gesprochen. Sie fühlten sich anscheinend sehr erhaben über zwei kleine Ritter, die irgendwo in den Wäldern hausten, und trugen ihre Nasen hoch gegen den Himmel gereckt. Umso verwunderter war Roderik nun, dass sie ihm ihre Hilfe anboten.

Er ahnte nichts Gutes. Da es aber sehr unhöflich gewesen wäre, das Angebot so edler Herren auszuschlagen, musste Roderik sie gewähren lassen, ob es ihm nun gefiel oder nicht.

Gleich am nächsten Morgen zogen sie los.

Roderik wollte die Häuser, so weit es irgend ging, zerlegen lassen. Die Teile sollten am Waldrand gestapelt und nach dem Turnier wenigstens teilweise wieder zusammengesetzt werden.

Als Roderik seinen Begleitern aber diesen Plan vortrug, lachten die edlen Herren und warfen einander vielsagende Blicke zu.

Endlich erreichten sie das Dorf, und die Herren Ritter verteilten sich auf dem Platz. Ehe Roderik auch nur einen von ihnen hindern konnte, hatte jeder auch schon eine Haustür aufgebrochen. Mit gezückten Schwertern drangen sie in die Häuser ein und trieben alle Bewohner, Männer, Frauen, Kinder, Greise, Hunde und Katzen, heraus auf den Platz.

Dann befahlen sie den Bauern, in den Wald zu rennen, wenn ihnen ihr Leben lieb sei. Sie selber aber stiegen auf ihre Pferde und setzten den Flüchtenden nach. Hatten sie einen eingeholt, pikten sie ihn mit dem

Schwert oder mit der Lanzenspitze und prügelten ihn auch ein wenig. Die Angstschreie der Kinder, das Kreischen der Weiber und das Fluchen der Männer schien ihnen großen Spaß zu machen.

Als alle Dorfbewohner in den Wald getrieben worden waren, kehrten die Herren Ritter zurück und begannen die Häuser zu durchsuchen. Was immer sie an noch so wertlosen Habseligkeiten finden konnten, nahmen sie an sich. Als nichts mehr da war, was des Plünderns wert

gewesen wäre, legten sie Feuer an die Häuser.

Dann - wieder auf ihren Pferden sitzend - sahen sie zu, wie alles niederbrannte, und nichts auf der Welt schien lustiger für sie zu sein, denn sie konnten sich kaum in den Sätteln halten vor Lachen.

Schließlich machten sich die Herren Ritter auf den Heimweg, um in Roderiks Rittersaal diesen so überaus vergnüglichen Tag mit Schweinebraten und Wein gebührend zu beenden.

Erik hatte den ganzen Tag über nachgedacht, wie er sich vom Turnier drücken könnte, aber es wollte und wollte ihm keine passende Ausrede einfallen, und wahrscheinlich gab es auch nichts, was ihn entschuldigt hätte.

Zwar galt es als hohe Ehre, zu einem Turnier zugelassen zu werden, gleichzeitig aber wurde die Teilnahme zur Pflicht, wenn man erst einmal eingeladen war.

Wer sich dieser Pflicht entzog, musste mit dem Verlust aller ritterlichen Privilegien rechnen, im allerschlimmsten Fall konnte der König sogar den Besitz eines Ritters, der eine solche Ehre ausschlug, einziehen lassen. Und Erik zweifelte keinen Augenblick daran, dass Artus, der immer in Geldnöten war, das auch tun würde.

Während drinnen im Saal der König und die Herren seiner Tafelrunde wie an jedem Abend versuchten, einander unter den Tisch zu trinken, saßen Erik und Roderik ganz allein draußen auf der Burgmauer.

Roderik zitterte vor Zorn, als er seinem Vetter erzählte, wie die edlen Herren sein schönstes Dorf vernichtet hatten.

„Am liebsten hätte ich alle zwölfe in Grund und Boden gehauen", schnaubte er, „aber zwölf sind nun einmal zu viel für einen, auch wenn's bloß zwölf Hampelmänner sind. Aber wir werden es ihnen heimzahlen, Erik! Übermorgen beim Turnier: Wir hacken sie in

Stücke, wir rennen ihnen unsere Lanzen in die Bäuche! Und wer von ihnen nur noch ein Bein hat, hat übermorgen keins mehr. Und der einäugige Mordred ist übermorgen Abend blind!"

Plötzlich sprang Roderik auf: „Wozu eigentlich bis übermorgen warten? Komm, gemeinsam schaffen wir's! Wir gehen hinein und verpassen ihnen eine kleine Abreibung. Als Anzahlung auf das, was ihnen übermorgen blüht."

Erik hatte alle Mühe, ihn zurückzuhalten. Er wagte es kaum, Roderik zu gestehen, dass er auf gar keinen Fall am Turnier teilnehmen wolle.

„Was?", schrie Roderik entsetzt. „Willst du, dass der alte Fettsack dir deine Burg und dein Land wegnimmt?"

„Ich bin für so was nicht gebaut", sagte Erik kleinlaut. „Ich hab' keine Angst, bestimmt nicht. Aber ich bin einfach zu schwach. Die da drinnen sind zwar nur aufgeblasene alte Männer, aber sie haben ihr ganzes Leben lang gekämpft und kennen alle Tricks. Jeder von ihnen wirft mich mit dem ersten Stoß aus dem Sattel."

„Allerdings!", bestätigte Roderik. „Und das wäre nicht gut für den Ruf unserer Familie, immerhin sind wir miteinander verwandt. Denk also gefälligst nach, was wir tun sollen! Ich kann kämpfen, aber fürs Denken bist du zuständig."

Sie saßen eine Weile schweigend nebeneinander und

sahen hinauf zum buttergelben Mond, der riesengroß über der Ebene schwebte.

„Warum sind die da drinnen bloß so geworden?“, fragte Erik auf einmal. „In allen Liedern, die über ihre Taten gedichtet wurden, werden sie immer nur als tapfer, hochherzig und edelmütig geschildert ...“

Darüber konnte Roderik nur lachen.

„Wer, denkst du, hat diese Lieder in Auftrag gegeben? Sie selber natürlich. Aber vielleicht waren sie, als sie noch jung und stark waren, wirklich anders als heute. Ein junger, starker Ritter kann sich's leisten, hochherzig zu sein, weil er weiß, dass er stark ist und dass er siegen kann. Ein alter Ritter aber, der dumm genug ist, mit dem Kämpfen nicht rechtzeitig Schluss zu machen, der muss sich immer wieder selbst beweisen, dass er noch was taugt. Und der ist zu jeder Schweinerei fähig, wenn er dadurch wenigstens manchmal noch einen Kampf gewinnt.“

So hatte Erik ihn noch nie reden gehört. Er blickte seinen Vetter lange von der Seite her an und fragte dann:

„Und warum haben sie nicht rechtzeitig aufgehört mit dem Kämpfen?“

„Was hätten sie sonst tun sollen?“, gab Roderik zurück. „Ritter, wie wir es sind, haben Burgen und Länder. Solange wir jung sind, können wir - falls es uns Spaß macht - kämpfen und auf Abenteuer ausziehen.

Sind wir dazu einmal zu alt, bleiben wir eben zu Hause, trinken unseren Wein und lassen uns die Sonne auf den Bauch scheinen. Die da drinnen aber, die haben nichts, nicht einmal ein eigenes Bett. Sie dienen ihrem König, ziehen mit ihm herum. Der König ernährt sie - oder lässt sie von Rittern wie uns ernähren. Dafür sind sie Artus zu Dank verpflichtet. Und sie danken ihm, indem sie zu seiner höheren Ehre kämpfen. Folglich: So lange sie essen und schlafen wollen, müssen sie kämpfen."

„Arme Schweine", sagte Erik leise.

„Mag sein", gab Roderik zurück. „Aber das entschuldigt sie nicht. Darum werde ich ihnen übermorgen zeigen, was für jämmerliche Wichte sie im Grunde sind."

„Ich würde ja gern mitmachen, glaub mir, Roderik. Zum ersten Mal in meinem Leben hätte ich selber beinahe Lust zum Dreinhauen. Aber ich fürchte, ich wäre keine große Hilfe für dich."

Da schlug Roderik sich plötzlich mit der flachen Hand auf die Stirn. „Mensch, Erik, wir sind dumm! Wieso machen wir's nicht wie damals auf der Schule? Der Abschlusskampf in der zweiten Klasse, Erik!"

„Glaubst du wirklich, dass sie das nicht merken werden?", fragte Erik unsicher.

Roderik aber lachte nur. Er schien tatsächlich keine hohe Meinung von den hohen Herren zu haben.

Am nächsten Tag erhielten Eriks und Roderiks Gefolgsleute den Auftrag, den Platz, auf dem früher das Dorf gestanden war, für das Turnier vorzubereiten.

Rambert, Reimbold und Bonzo errichteten eine Tribüne für den König, für seine Gemahlin und die edlen Damen ihrer Begleitung.

Frankobert, Rappo und Sigbert stellten inzwischen vierzehn kleine Zelte auf, für jeden der teilnehmenden Ritter eines. Auf Roderiks Befehl bauten sie sein und Eriks Zelt dicht nebeneinander.

Schon vor Sonnenaufgang stiegen die Damen und Herren am Tag des Turniers aus den Betten. Denn es brauchte Zeit, bis sich die Damen so herausgeputzt hatten, wie es dem feierlichen Anlass entsprach.

Die Ritter legten inzwischen ihre schweren Rüstungen an.

Als sich der festliche Zug dann von der Burg zum Turnierplatz hin bewegte, konnte man die Ritter, die mit geschlossenen Visieren ritten, nur an den Farben ihrer Schilder und an ihren Helmzierden erkennen.

Die Tribüne war mit Fahnen und mit dem königlichen Wappen geschmückt, und nachdem Artus und die Damen Platz genommen hatten, ritten die Herren vor sie hin und ließen sich vom König den goldenen Becher zeigen, der dem Sieger überreicht werden sollte.

Es war Sitte, dass jeder der Kämpfer zu Ehren einer hohen Dame ritt.

Da sich in Guinevras Begleitung aber nur sechs Damen befanden, rief der König:

„Es trifft sich alles wieder einmal ganz prächtig. Gerade acht Herren meiner Tafelrunde sind verheiratet. Die sollen ausnahmsweise einmal zu Ehren ihrer eigenen Gemahlinnen reiten, die übrigen sechs Ritter aber mögen sich eine Dame erwählen, der sie die Ehre erweisen möchten."

Zwar war es ganz und gar nicht üblich, zu Ehren der eigenen Ehefrauen zu kämpfen, aber die Ritter der Tafelrunde brannten viel zu sehr auf den Kampf, als dass sie jetzt noch lange protestiert hätten.

Ein zierliches schwarzhaariges Mädchen aus dem Gefolge der Königin war Erik schon beim Empfang auf seiner Burg aufgefallen. Er hatte es in den letzten Tagen auch immer wieder heimlich beobachtet. Darum ritt er jetzt auf dieses Mädchen zu und bat um die Gunst, ihm seine Kämpfe weihen zu dürfen.

Das Mädchen hieß Eleanor und reichte Erik ein Halstuch - zum Zeichen dafür, dass es einverstanden war. Dieses Tuch band Erik um seinen Helm.

Roderik hatte einem rundlichen blonden Mädchen, das Widulind hieß, schon lange schöne Augen gemacht. Als er jetzt aber auf Widulind zusteuerte, war ihm schon einer zuvorgekommen. Der Helmzier nach musste es Lancelot du Lac sein.

Roderik drängte ihn kurzerhand beiseite und rief:

„Verehrtes Fräulein Widulind. Ich werde für Sie kämpfen, und der Teufel soll mich holen, wenn Sie sich meiner schämen müssen."

Lancelot blickte ratlos um sich. Die hübschen Mädchen waren alle schon vergeben, nur ein einziges war noch übrig, und das schielte.

„So wollen wir jetzt zur Auslosung der ersten Paarungen schreiten!", rief König Artus dann. Er hob einen Sack hoch: „Da drinnen sind sieben schwarze und sieben weiße Kugeln. Jeder von Ihnen, meine edlen Herren, greift hinein und zieht eine Kugel heraus. Es kämpft zunächst einmal je ein Weißer gegen einen Schwarzen. Dann sehen wir weiter. Die Verlierer der ersten Runde scheiden jeweils aus, es bleiben also für die zweite Runde ... Augenblick mal, haha, wie viele bleiben dann? Rechnen war nie meine starke Seite ... Ah ja: sechs Ritter bleiben dann noch übrig."

„Sieben!", entgegnete Erik.

„Tatsächlich?" König Artus rechnete schnell nach, indem er seine Finger und die Finger Guinevras zu Hilfe nahm, und bestätigte dann: „Richtig, sieben Kämpfer kommen in die zweite Runde. Äh, das ist aber dumm, so eine ungerade Zahl. Aber, wenn ich mich recht erinnere, hatten wir so was schon einmal, voriges Jahr, glaube ich..."

Die Königin flüsterte ihm etwas zu, dann fuhr er fort: „Genau, so war es: Jener Verlierer, der sich in der ersten Runde am besten gehalten hat, darf aufsteigen. Die Entscheidung wird von der Königin getroffen."

Daraufhin ließ Artus den Sack herumreichen.

Roderik zog eine weiße Kugel, und Erik zog - gottlob! - auch eine weiße Kugel. Daraufhin wurde mit Hilfe eines Abzählreims die Reihenfolge der ersten Kämpfe ermittelt, und die Ritter begaben sich zu ihren Zelten. Hier sollten sie warten, bis sie an der Reihe waren, hier konnten sie sich aber auch zwischen den Kämpfen ein wenig ausruhen.

Unter den beiden ersten Kämpfern war Roderik, er sollte gegen Gawain antreten.

Die beiden Ritter nahmen Aufstellung und legten die Lanzen ein. Einer von Roderiks Knechten, der ein wenig auf der Trompete spielen konnte, gab auf ein Handzeichen des Königs hin das Signal, dann ritten die Herren aufeinander zu.

Ehe Gawain noch richtig begriffen hatte, was los war, hatte Roderik ihn schon aus dem Sattel gehoben. Er fiel zu Boden, konnte der schweren Rüstung wegen nicht gleich aufstehen, als er dann aber doch wieder auf die Beine kam, traf ihn erneut ein Schwertstreich Roderiks. Die Rüstung schepperte, als Gawain hinfiel. Sich wieder aufzurappeln, dazu war er nicht mehr im Stande.

Die Damen applaudierten, und Roderik verschwand in seinem Zelt. Gawain aber musste vom Platz getragen werden.

Im nächsten Kampf standen einander zwei Tafelrunderitter gegenüber. Erik war erst im übernächsten Kampf dran: Genug Zeit für Roderik, sich von seinen Kumpanen aus der Rüstung helfen zu lassen, hinten aus seinem Zelt zu schlüpfen, in Eriks Zelt zu kriechen, in dessen Rüstung zu steigen und dann - nach dem Aufruf - als Erik aufs Pferd zu steigen.

Eriks Gegner war Iwain, und Roderik verprügelte ihn nach allen Regeln der Ritterkunst, verbeulte ihm mit seinen Schlägen die Rüstung so sehr, dass er nachher nicht mehr heraussteigen konnte.

Damit war für Erik und Roderik die erste Runde vorbei.

Roderik kehrte zurück in Eriks Zelt, legte dort Eriks Rüstung ab, und in den Unterkleidern warteten sie dann, bis die übrigen Kämpfe der ersten Runde vorbei waren.

Sie hörten, wie Artus die Paarungen der zweiten Runde bekannt gab: Erik sollte gleich im ersten Kampf, Roderik erst im vierten Kampf antreten.

„Wenn ich das gewusst hätte“, schimpfte Roderik leise, „hätte ich dein Zeug gleich anbehalten.“

Blitzschnell musste er jetzt in Eriks Rüstung kommen, und es gelang nur, weil Rambert ihm die Beinschienen festschnallte, während Bonzo ihm den Harnisch anlegte, Reimbold ihm die Eisenhandschuhe überstreifte und Erik selber ihm den Helm aufsetzte, das Schwert umband und den Schild reichte.

Gerade noch rechtzeitig war Roderik dann - als Erik verkleidet - in den Schranken. Wieder hob er seinen Gegner aus dem Sattel, und weil dieser Gegner Keu war (den Roderik von Anfang an nicht hatte leiden können),

ließ er ihn das Schwert noch härter spüren als den anderen vor ihm.

Er kehrte in Eriks Zelt zurück, zog dessen Rüstung aus, schlich von hinten dann ins eigene Zelt, stieg in die eigene Rüstung und wartete auf den nächsten Kampf.

Drei Sträuße so rasch hintereinander hatten ihm die Arme schwer gemacht, aber als er dann wieder an der Reihe war, hatte er sich so weit erholt, dass er auch diesen Kampf ohne Mühe gewann.

Kaum war Roderik in sein Zelt zurückgekehrt, gab draußen König Artus die Paarungen für die dritte und vorletzte Runde bekannt. Roderik war für den ersten, Erik für den zweiten Kampf eingeteilt.

Freilich hatte Roderik einen Teil seiner Rüstung schon wieder abgelegt. So stülpte er jetzt schnell den Helm über, vergaß aber die Beinschienen, da sein Name draußen schon aufgerufen wurde.

Das war für ihn der bisher schwerste Kampf. Einmal machte ihm die Müdigkeit zu schaffen, zum anderen musste er höllisch darauf achten, nicht an den ungeschützten Beinen verletzt zu werden. Zum Glück war sein Gegner Sagremor, ein hinterhältiger Kerl zwar, aber einer der schwächeren Kämpfer unter den Rittern der Tafelrunde. So konnte Roderik auch diesmal den Sieg davontragen.

Jetzt wäre freilich mehr Eile vonnöten gewesen, als

Roderik schaffen konnte. In sein Zelt hinein, aus seiner Rüstung heraus, aus seinem Zelt hinaus, in Eriks Zelt und Eriks Rüstung hinein, dafür war die Zeit zwischen den beiden Kämpfen einfach zu knapp.

So stand er noch in Unterhosen da, und Erik und sein Gefolge hatten kaum damit begonnen, ihn neu zu wappnen, als draußen Eriks Name schon zum dritten Mal aufgerufen wurde.

„Macht schneller!", knurrte Roderik nervös. „Und du, Erik, verdammt noch mal, sag irgendwas, sonst kommt noch einer nachsehen!"

„Augenblick!", schrie Erik. „Ich komme gleich! Mein Brustpanzer klemmt, ich kann die Schnallen nicht zukriegen. Ein klein wenig Geduld noch, dann komm' ich und hau' jedem, der's wünscht, die Krucke voll."

Für eine Weile war es draußen ruhig, aber bald rief Artus von neuem: „Herr Erik de la Montagne, erscheinen Sie!"

Roderik aber war noch nicht zur Hälfte angekleidet, deshalb schrie Erik wieder: „Mein edler Gegner möge sich noch ein wenig in Geduld üben, ich verspreche ihm aber, ihm dafür den Hintern umso ärger zu versohlen."

Endlich war es so weit.

Roderik ging hinaus, kletterte erschöpft auf Eriks Pferd - und besiegte, mühevoll, aber doch, auch den letzten Gegner.

Als er dann wieder in Eriks Zelt war, hörten er und sein Vetter, wie draußen der König verkündete:

„Damit steht also auch die Paarung der Schlussrunde fest: Es kämpfen gegeneinander die Herren Erik de la Montagne und Roderik de la Plaine!"

„Du lieber Himmel!", schrie Roderik auf. „Daran haben wir nicht gedacht. So schön haben wir uns das ausgeknuspert, aber daran, dass wir in der letzten Runde gegeneinander kämpfen müssen, haben wir nicht gedacht."

Erik war blass geworden und stammelte, nachdem er sich von seinem Schreck erholt hatte: „Ich geh' raus und sage, dass ich verzichte. Ich überlasse dir einfach den Sieg, ja?"

Schon war er am Ausgang seines Zelts, da spürte er Roderiks Faust, die ihn am Nacken gefasst hatte und mit aller Kraft zurückhielt.

„Bist du verrückt geworden!", zischte Roderik. „Willst du in Unterhosen vor die Damen treten?"

„Eijeijeijei", jammerte Erik. „Was tun wir bloß?"

„Kämpfen!", sagte Roderik und fing an, Eriks Rüstung auszuziehen. „Du trittst gegen mich an. Hab dich nicht so! Ich werde dir nicht wehtun. Könnte ich gar nicht mehr. Selbst wenn ich wollte, ich wäre viel zu müde dazu. So viele Kämpfe in so kurzer Zeit, das hält kein Ochse aus. So gesehen kann ich sogar froh sein, dass ich dich als Gegner im Schlusskampf habe, sonst hätte ich am Ende das Turnier noch verloren.“

Roderik grinste und verschwand nach hinten.

Was blieb Erik übrig, als selber seine Rüstung anzulegen. Er hatte es nicht eilig, obwohl draußen immer wieder sein und Roderiks Namen aufgerufen wurden.

Er hatte es gar nicht eilig, sich seine Prügel abzuholen.

Endlich war er fertig gerüstet. Jetzt half alles nichts mehr!

Seine Gefährten sprachen ihm noch ein letztes Mal Mut zu und schoben ihn ins Freie hinaus.

Nach einem kurzen Stoßgebet bestieg Erik sein Pferd und sah, dass Roderik bereits auf ihn wartete (Roderik hatte bereits einige Übung im Ankleiden und war deshalb viel schneller als Erik gewesen). Wieder sah er hinüber zu seinem Vetter und merkte, dass dieser sich vor Erschöpfung kaum noch aufrecht halten konnte.

„Um mich zu besiegen, wird's schon reichen“, sagte Erik leise zu sich selber, „und Roderik wird auch den Becher als Preis erhalten, der ihm ohnehin gehört.“

Das Trompetensignal ertönte.

Erik gab seinem Pferd die Sporen. Ein wenig zu heftig vielleicht (das kam von der Aufregung), denn der Gaul sprang schneller los, als es Erik lieb war.

Rasend schnell kam Roderik näher, und Erik schloss gottergeben die Augen. Er wartete darauf, gleich zu Boden geschleudert zu werden, fühlte dann aber die Lanze rucken - und hörte einen ohrenbetäubenden Krach.

Er brachte das Ross zum Stehen, wusste gar nicht, wieso er noch im Sattel saß, drehte sich um - und sah Roderik auf dem Boden liegen.

Schnell stieg Erik ab, lief zu Roderik hin, beugte sich zu ihm hinunter und flüsterte: „Entschuldige bitte, das hab' ich wirklich nicht gewollt."

„Du verfluchter, hinterhältiger Schuft!", stöhnte Roderik. „Ich hab' dich absichtlich nur ein bisschen antupfen wollen mit der Lanze, aber du bist mit voller Kraft auf mich losgeritten!"

„Unabsichtlich!“, beteuerte Erik. „Komm, Roderik, steh auf und hau mir mit dem Schwert eins über den Helm, ich fall’ auf der Stelle um, ja?“

„Aufstehen!“, jammerte Roderik. „Ich bin so verdammt kaputt, dass ich kein Bein rühren kann. Erst die vielen Kämpfe und jetzt dieser Sturz. Ich muss mir ungefähr siebenundfünfzig Knochen gebrochen haben.“

„Warte einen Augenblick, ich helf’ dir auf!“

„Lass die Finger von mir!“, zischte Roderik böse. „Du weißt genau, dass es streng verboten ist, einem Gegner

# Turnier

auf die Beine zu helfen."

So blieb Roderik liegen, und Erik wurde zum Sieger des Turniers erklärt.

Den Becher gab Erik zwar am Abend seinem Vetter zurück, aber das half diesem über seine Enttäuschung nicht hinweg. Er saß mürrisch und schweigsam an der Festtafel, und nicht einmal Widulind, die als seine Tischdame neben ihm saß, konnte ihn aufheitern.

König Artus war von der Tüchtigkeit seiner beiden Gastgeber so angetan, dass er ihnen vorschlug, in seine Dienste zu treten.

„Mit dieser Einladung ist auch die Erlaubnis verbunden, an den Sitzungen meiner Tafelrunde teilzunehmen", sagte er noch, um seinen Vorschlag besonders schmackhaft zu machen.

Erik und Roderik aber waren vor Schreck zusammengezuckt. Gleichzeitig murmelten sie etwas von allzu großen Ehre, die sie unmöglich annehmen könnten. Sie seien noch viel zu jung, um in den Kreis so erlauchter und ehrwürdiger Männer aufgenommen zu werden.

„Später einmal vielleicht", meinte Roderik. „Ja, später gern."

„Außerdem müssen wir uns um unsere Burgen kümmern", fügte Erik hinzu. „Nicht auszudenken, wie hier alles drunter und drüber gehen würde, wenn wir nicht hier wären."

Ein wenig beleidigt meinte Artus daraufhin, er wolle diese hohe Auszeichnung gewiss niemandem aufdrängen.

Dann saß er eine ganze Weile mürrisch da und nippte nur hin und wieder an seinem Weinkrug, bis er unvermittelt fortfuhr:

„Wenn ihr euch um eure Burgen kümmern wollt, so ist das rechtschaffen und billig. Aber dann solltet ihr auch heiraten, eine Burg ohne Burgfrau ist eine halbe Sache."

„Heiraten?", fragte Erik erstaunt. „Wen denn, bitte?"

Ohne es zu merken, blickte er bei diesen Worten auf Eleanor, die neben ihm am Tisch saß, so wie Widulind neben Roderik.

Der König brach in schallendes Gelächter aus:

„Groß ist die Auswahl ja nicht, darum sollten wir uns an das halten, was am nächsten liegt . . . eh, sitzt."

Dieser Vorschlag gefiel Erik und Roderik schon weitaus besser, wenn sie auch ihr Junggesellendasein bisher durchaus genossen hatten.

Doch ehe Erik und Roderik auch nur ein einziges Wort erwidern konnten, rief Artus bereits: „Also abgemacht! Die Hochzeiten finden in einem halben Jahr statt. Ich werde euch die Ehre erweisen, mit meinem Gefolge zu erscheinen. Vielleicht mach' ich euch sogar den Trauzeugen."

Das war nun wieder eines jener Angebote, die man

nicht ablehnen konnte. Deshalb schlug Erik vor, die Hochzeit sollte gleich morgen stattfinden, ein Pfarrer würde sich schon auftreiben lassen.

„Auf diese Weise“, sagte er später zu Roderik, der von diesem Vorschlag überrascht gewesen war, „müssen wir die Bande wenigstens nicht noch einmal ein paar Wochen lang bewirten.“

Roderik wiegte nachdenklich den Kopf, meinte dann aber:

„Du hast Recht. Wenn wir schon heiraten müssen, bringen wir's so rasch wie möglich hinter uns.“

# Kapitel 6

## Verräter werden gehenkt

*oder: Wie man einen furchtlosen Ritter erschreckt*

Im nächsten halben Jahr hörten Erik und Roderik nur wenig voneinander. Der Winter zwang sie, auf ihren Burgen zu bleiben. Außerdem hatten sie genug damit zu tun, sich an ihr neues Leben als Ehemann zu gewöhnen.

Erik mochte den Winter, denn er blieb gern zu Hause. Er plauderte mit seiner Frau, er las oder stickte an dem großen Wandteppich für den Rittersaal.

Roderik hingegen sehnte den Frühling herbei, er wollte endlich wieder hinaus in die Wälder reiten - und er brannte darauf, seinem Vetter einen neuen Streich zu spielen.

Dass Erik als Sieger aus dem Turnier hervorgegangen war, das hatte Roderik auch nach einem halben Jahr noch nicht verwunden. Er glaubte sich in seiner Ritterehre gekränkt und meinte, erst dann wieder ruhig schlafen zu können, bis er - auf welche Art auch immer - über Erik triumphiert haben würde.

Dazu kam, dass Widulind, seine Frau, für ihr Leben gern Herrin über ein größeres Stück Land gewesen wäre. Deshalb sprach sie oft davon, ob der alte Rechtsstreit nicht doch geklärt werden sollte.

Obwohl Roderik sich eigentlich längst damit abgefunden hatte, alles so zu belassen, wie es war, ließ er sich überreden und versprach, die Sache ein für alle Mal zu regeln.

Er hatte auch schon eine Idee, hielt sie aber den ganzen Winter über streng geheim. Erst als nach der Schneeschmelze die Frühlingssonne die morastigen Wege so weit getrocknet hatte, dass sie auch von Wagen befahren werden konnten, besprach er sich mit Frankobert, Rappo und Sigbert.

„Fürs Erste werde ich dreißig Kriegsknechte anwerben", berichtete er. „Dann werde ich meinem lieben Vetter Erik mitteilen, dass ich ihm gern dreißig Fässer Wein schenken möchte - als Dank, dass er mir während der Zeit des königlichen Besuchs so viel geholfen hat. In den Fässern aber, die ich ihm schicken werde, wird nicht Wein sein, sondern wird je einer der Kriegsknechte sitzen. Auf Eriks Burg werden die Burschen dann aus den Fässern springen und . . . na ja, der Rest ist klar: Damit haben wir den Rechtsstreit für alle Zeiten gelöst."

Ihm selber kam der Plan - jetzt, wo er ihn erzählte - außergewöhnlich gemein und hinterhältig vor. Aber musste er seiner Frau nicht beweisen, was für ein tatkräftiger Kerl er war?

Frankobert und Rappo lobten den Plan über alle Maßen, noch nie hätten sie von einem so vortrefflich ausgeklügelten Vorhaben gehört, und ihre Worte beruhigten Roderiks Gewissen.

Sigbert aber schwieg und schlich sich bei der ersten Gelegenheit davon.

Oben in seiner Kammer schrieb er schnell eine Nachricht an Erik, in der er ihm Roderiks Plan entdeckte. Schon wollte er den kleinen Zettel falten und einer von Eriks Brieftauben ans Bein binden, da ließ ihn Roderiks Stimme erstarren.

Ganz dicht stand Roderik hinter ihm und sagte leise:

„Eigentlich wollte ich dich nur fragen, wie dir mein Plan gefällt, aber . . ."

Statt weiterzusprechen, griff Roderik blitzschnell nach dem Zettel, faltete ihn auseinander und las ihn - was ihm erhebliche Mühe bereitete.

„Du darfst das nicht missverstehen, Roderik .. .", fing Sigbert an, aber sein Herr unterbrach ihn sofort.

„Jetzt weiß ich, warum mir nie ein Streich gelungen ist", schrie er. „Dafür wirst du hängen, du Verräter! Und die Brieftauben werde ich mir zum Abendessen schmecken lassen."

So sehr Sigbert ihn auch um Gnade bat, Roderik ließ sich nicht erweichen, und Sigbert wurde ins Verließ geworfen.

Am nächsten Sonntag sollte die Hinrichtung stattfinden, und alles Volk der Umgebung sollte zusehen. Jedermann sollte wissen, wie Roderik mit einem Verräter verfuhr.

Einen der Knechte aber, die den Gefangenen bewachen mussten, konnte Sigbert überreden, eine Nachricht aus dem Verließ zu schmuggeln.

Da Roderik die Brieftauben allesamt hatte braten lassen, musste sie heimlich durch einen Boten auf Eriks Burg gebracht werden.

Vor Erregung zitternd, lief Erik im Kreis auf dem Burghof umher. Er konnte keinen klaren Gedanken fassen, so sehr hatte ihn Sigberts Nachricht getroffen. Er selber hatte ihn ja gebeten, für ihn zu spionieren. Und wenn Roderik ihn jetzt hängen ließ, dann war Erik mitschuldig an Sigberts Tod.

Die Zeit drängte, denn es hatte zwei Tage lang gedauert, bis die Nachricht bei Erik eingelangt war.

Jetzt war schon Donnerstag...

Hundert Pläne gingen ihm durch den Kopf, aber keiner davon war in so kurzer Zeit durchführbar. Nur ein Wunder konnte da noch helfen.

Als Erik aber an Wunder dachte, fiel ihm Zauberei ein - und er erinnerte sich, wie Roderik auf der Schule Angst vor Gespenstern hatte.

Bis spät in die Nacht saß Roderik an diesem Abend mit Frankobert und Rappo im Rittersaal. Sie hatten Wein getrunken und sich über die Schlechtigkeit der Menschen beklagt.

„Wie sehr man sich doch in einem Menschen täuschen kann!“, riefen sie ein um das andere Mal.

Damit war natürlich Sigbert gemeint. Hundertmal schon hatten sie den Verräter verflucht, davon waren sie müde geworden.

Frankobert und Rappo gingen nach oben in ihre Kammer, Roderik aber gürtete sein Schwert um. Er musste nachsehen, ob das Burgtor auch fest verschlossen war. Das gehörte zu seinen abendlichen Pflichten als Burgherr.

Als er in den Hof trat, war es ihm, als habe er auf der Burgmauer ein kleines Flämmchen tanzen gesehen. Aber er musste sich wohl getäuscht haben, denn jetzt war weit und breit nichts mehr zu sehen.

Der Himmel war bedeckt, und es war stockfinster.

Am liebsten wäre Roderik noch einmal zurückgegangen, um einen Kienspan zu holen. Aber er hatte den halben Weg bis zum Burgtor bereits zurückgelegt, also konnte er geradeso gut auch weitergehen.

Er kam ans Tor, probierte, rüttelte: Ja, es war verschlossen, wie es sich gehörte, auch der Sperrbalken war vorgelegt.

Gerade aber als Roderik sich umdrehte, um ins Haus zurückzugehen, da vernahm er draußen vor dem Tor leises Kettengerassel.

Der Schreck fuhr ihm in alle Glieder. Er wollte sich einreden, dass er sich schon wieder getäuscht haben musste, aber das Gerassel wurde immer lauter.

Dann war auch das Flämmchen auf der Burgmauer wieder da.

Jetzt gab es keinen Zweifel mehr: Ein winziges Licht tanzte auf der Mauer auf und ab.

Die Seele eines Verstorbenen!, schoss es Roderik durch den Kopf, und er fühlte, wie es ihm kalt den Buckel hinunterlief.

Er wollte laufen, nur schnell ins Haus hinein!

Schnell hinauf in die Kammer, schnell zu Widulind unter die Decke! Aber er konnte sich vor Entsetzen nicht von der Stelle rühren.

Plötzlich verstummte das Kettengerassel, und statt auf der Burgmauer tanzte das Flämmchen jetzt auf dem Dach des Schweinestalles.

Aber da war auch noch ein zweites Licht!

Es erschien zuerst in dem einen, dann in dem anderen Fenster des Bergfrieds. Dazu ertönte vom Turm her ein Heulen, das so schauerlich klang, als seien alle Höllenhunde auf einmal von der Leine gelassen.

„Heilige Muttergottes!", stammelte Roderik. „Steh mir bei, heilige Jungfrau! Alle Heiligen, alle Engel, alle Erzengel steht mir bei!"

Er bekreuzigte sich dreimal hintereinander, das war - angeblich - ein sicheres Mittel, Geister- und Gespenstererscheinungen zu bannen.

Diesmal aber half es nicht.

Zwar war das Flämmchen vom Schweinestall verschwunden, aber gleich darauf tanzte es wieder auf der Burgmauer.

Hin und her sprang das Licht, dann teilte es sich, und eines blieb auf dem Schweinestall, das andere auf der Mauer.

Hohles Klappern drang von irgendwoher an sein Ohr, ganz so als würden menschliche Gebeine gegeneinanderschlagen. Und schon war auch das Kettengerassel vor dem Tor wieder da.

Roderik schloss die Augen. Er wollte die tanzenden Lichter (die doch wahrlich nichts anderes als unerlöste Seelen sein konnten) nicht mehr sehen, aber da klang das Heulen, Klappern und Rasseln nur umso schauerlicher.

Schon drei Dutzend Mal hatte Roderik sich bekreuzigt, bis er endlich einen Schritt aufs Haus zu wagte.

Es geschah ihm nichts.

Also wagte er den nächsten Schritt.

Dann noch einen.

Und plötzlich rannte er los.

Schweißgebadet erreichte er den Rittersaal. Aber auch hier war er nicht sicher. Er wollte in sein Bett, wollte sich unter der Decke verkriechen und erst im Morgengrauen wieder hervor kommen.

Nur noch die Treppe, dann hatte er es geschafft!

Er rannte nach oben, stolperte über sein Schwert, kam aber gleich wieder hoch, zehn Stufen noch, noch acht, noch sechs...

Dann blieb ihm beinahe das Herz stehen.

Vor ihm war plötzlich wie aus dem Nichts eine Gestalt aufgetaucht, unförmig und so bleich wie ein Totenlinnen.

„Rooderiiik!“, rief die Gestalt ihn mit einer Stimme an, die aus dem Grab zu kommen schien. „Rühr dich nicht von der Stelle, Rooderiiik!“

Diese Aufforderung war freilich ganz unnütz, denn selbst wenn er wollte, hätte Roderik sich nicht bewegen können. Seine Beine waren schwer und gefühllos und schienen mit den Holzstufen verwachsen zu sein.

„Ich bin der Geist deines Urgrooooßvaters!“

Die Stimme des Gespenstes klang jetzt noch schauerlicher als zuvor.

Lange, sehr lange dauerte es, bis Roderik endlich den Mund aufkriegte.

„Grü-grüß Gott, Opa!“, stammelte er dann. „Wa-was wi-willst du denn von-von mir?“

„Ich bin gekommen, um dich zu hooolen!“

„Ma-rnach doch bitte keine Wi-Witze, Opa!“, stieß Roderik hervor. „Wieso denn holen, das ha-ha-ha-hat doch noch Zeit, Opa, ich bi-bin doch no-noch so jung. Gnade, O-Opa!“

Er fiel vor dem Gespenst auf die Knie, rutschte dabei aber die Stufen hinunter und konnte sich gerade noch fangen, sonst wäre er im Rittersaal gelandet.

Immer wieder bat er um Gnade.

Langsam setzte sich das Gespenst in Bewegung und schritt die Stufen hinunter auf Roderik zu.

„Rooderiiik, gib mir dein Schwert!“, verlangte es.

„Nein, nein, nein, nein!“, kreischte Roderik. „Alles darfst du mir antun, nur das nicht, Opa. Du warst doch selber ein Ritter und müsstest wissen, dass ein Ritter eher sein Leben hergibt als sein Schwert, wenn er seine Ritterehre behalten will.“

„Reiche mir dein Schwert!“, sagte das Gespenst noch einmal - und so drohend, dass aller Widerstand zwecklos schien.

Roderik schnallte das Schwert ab und hielt es dem Gespenst hin: „Hier bitte, Opa. Aber nett ist das nicht von dir, dass du mir das antust."

Ein rascher Griff, dann hatte das Gespenst das Schwert an sich gebracht, sprang gleich darauf nach oben - und war verschwunden.

Am nächsten Morgen wurden die Bewohner der Burg durch heftiges Klopfen am Burgtor geweckt.

Einer der Knechte öffnete.

Draußen stand Erik. Er trug ein langes und sehr schmales Bündel unter dem Arm und verlangte den Burgherrn zu sprechen.

„Wenn Sie sich in den Rittersaal bemühen wollen, Herr Erik", sagte der Knecht höflich, „will ich Herrn Roderik gleich verständigen."

Erik folgte ihm und musste auch nicht lange auf seinen Vetter warten.

„Schönen guten Morgen, mein Lieber!", rief Erik ihm entgegen. „Hast du eine schlechte Nacht gehabt? Du siehst gar nicht gut aus. Was für Ringe du unter den Augen hast, und ganz blass bist du!"

Roderik murmelte etwas, was Erik nicht verstand (und vermutlich auch nicht verstehen sollte), dann brummte er:

„Mir geht's glänzend. Mir ist's noch nie besser gegangen. Was willst du hier?"

„Ich will meinen Freund Sigbert vorm Galgen retten", sagte Erik.

„Dann hättest du dir den weiten Weg sparen können“, fuhr Roderik ihn an. „Verräter knüpft man auf den nächsten Baum. Das war immer so, und die guten alten Bräuche soll man nicht ändern.“

„Kommt drauf an“, meinte Erik. „Ach, übrigens ... Wo hast du eigentlich dein Schwert, Roderik?“

„Mein Schwert? Eh, ja ... Wo ist es denn nur? Grad vorhin war's noch da ...“

Roderik blickte sich hilflos um, dann aber hatte er einen Einfall:

„Ich werd's wohl oben in der Schlafkammer vergessen haben. Jaja, genau so ist's: Oben hab' ich's, jawohl.“

Erik gab sich erstaunt: „Du nimmst dein Schwert in die Schlafkammer mit? Wozu denn das?“

„Ja, wozu eigentlich?“, fragte auch Roderik leise.

„Ah ja, weiß schon. Ganz klar. Allzeit bereit. Verstehst du? Ein Ritter sollte sein Schwert immer griffbereit haben, wo immer er sich auch befindet. Haben wir doch schon auf der Ritterschule gelernt, erinnerst du dich nicht?“

„Du hast dein Schwert doch nicht jemandem gegeben?“, fragte Erik unvermittelt.

„Blödsinn!“, fauchte Roderik. „So was tut ein Ritter nicht. Ein Ritter, der so was tut, der ist . . . Ah, wieso fragst du das?“

„Nur so“, sagte Erik. „Also, wie ist das jetzt? Gibst du Sigbert frei?“

„Nie im Leben!“

„Dann erfährt alle Welt, dass du dein Schwert einem Gespenst ausgehändigt hast. Die Leute werden sich herrlich amüsieren, wenn sie das erfahren. Du wirst dich bei keinem Turnier mehr blicken lassen dürfen. Auch sonst nirgends mehr, wo ein anderer Ritter sich aufhält. Am besten, Roderik, du hängst dich gleich auf, dadurch ersparst du dir eine Menge Ärger, erledigt bist du ja ohnehin.“

„Erik!“, flüsterte Roderik drohend und kam langsam auf seinen Vetter zu.

„Vorsicht!“, warnte Erik. „Keine Dummheiten! Ich bin nämlich bewaffnet, du nicht.“

Roderik blieb stehen.

„Du willst mich also erpressen?“

„Genau das will ich“, bestätigte Erik. „Das Gespenst von gestern Abend war nämlich ich, weißt du. Ich hab’ mir ein weißes Tuch übergeworfen und ...“

„Kannst du deinem Urgroßvater erzählen... äh, ich meine: deiner Großmutter!“, sagte Roderik verächtlich. „Deine Stimme hätte ich sofort erkannt.“

Erik aber lächelte nur und ging zum Tisch.

Dort standen noch von gestern Abend die Weinbecher, und Erik nahm einen davon, schüttete den kleinen Rest Wein auf den Boden, hielt sich den Becher vor den Mund und sagte:

„Rooderiiik!“

Sein Vetter wurde schon wieder blass, allein die Erinnerung an die vergangene Nacht jagte ihm Angst ein.

Er hatte sich aber rasch wieder gefasst und brummte: „Für diesen Schurkenstreich wirst du mir büßen."

„Keine Drohungen!", erbat Erich sich.

Roderik zupfte an seiner Nase.

„Warum soll ich's nicht zugeben?", meinte er dann, „wirklich sehr geschickt eingefädelt. Aber ... eines verstehe ich nicht. Wie hast du das gemacht mit den tanzenden Lichtern?"

Erik lachte.

„Natürlich bin ich nicht allein gekommen. Allein hätte ich mich mitten in der Nacht selber gefürchtet. Ich habe Bonzo, Rambert und Reimbold mitgebracht. Bonzo war draußen vor dem Tor und hat mit der Kette gerasselt. Reimbold saß auf der Burgmauer und Rambert auf dem Dach des Schweinestalls. Jeder von ihnen hatte eine Kerze, die hat er hin und her bewegt, und wenn er das Flämmchen verschwinden lassen wollte, hat er einen Kochtopf drübergestülpt."

„So was kann nur dir einfallen", sagte Roderik, und Erik wusste nicht recht, ob das verächtlich oder anerkennend gemeint war.

„Also tauschen wir", sagte Erik schließlich. „Sigberts Leben gegen dein Schwert."

Was blieb Roderik übrig, als zuzustimmen.

Er ließ Sigbert heraufholen, und Erik übergab ihm

das Schwert, das er in dem langen, schmalen Bündel mitgebracht hatte.

In seinen Diensten aber wollte Roderik Sigbert auf keinen Fall mehr dulden, Erik musste ihn nun einstellen, ob er ihn brauchen konnte oder nicht.

Roderik freilich war von dieser Zeit an ernstlich verstimmt über seinen Vetter. Zwar wagte er es nicht, neue Streiche gegen Erik auszuhecken, aber ihre Freundschaft war und blieb getrübt.

Allzugern hätte Erik ihn wieder versöhnt, aber Roderik schlug jede Einladung zu einer Unterredung aus und ließ sich verleugnen, sooft Erik ihn besuchen wollte.

Ein halbes Jahr später aber brachte Eleanor Eriks ersten Sohn zur Welt.

Sofort sandte Erik einen Boten zu Roderik, um ihn zu bitten, der Taufpate des kleinen Dagofried (so sollte das Kind heißen) zu werden.

Da ließ Roderik bestellen, er werde das Angebot wohl annehmen müssen, da sich in der Nachbarschaft sonst kein standesgemäßer Taufpate fände.

Drei Tage und drei Nächte dauerte die Tauffeier, und das war Zeit genug, dass Erik und Roderik sich wieder versöhnten.

So war es denn auch selbstverständlich, dass Erik ein weiteres halbes Jahr danach der Taufpate von Roderiks Sohn Grimoald wurde.

# Kapitel 7

## Ein gerechter Krieg

*oder: Wie man ihn anzettelt – und wie man sich heraushält*

Die Jahre liefen dahin, und Erik und Roderik lebten mit ihren Familien glücklich und zufrieden von dem, was ihre Bauern für sie erwirtschafteten. Jedes Jahr im Spätherbst, wenn die Felder abgeerntet waren, mussten die Bauern den Herren Rittern für Bauarbeiten zur Verfügung stehen, und so boten die Burgen bald einen sauberen und gepflegten Eindruck.

Manchmal freilich langweilte sich einer von ihnen so sehr, dass er daran dachte, dem anderen wieder einmal einen Streich zu spielen, nur um sich ein wenig Abwechslung zu verschaffen.

Dass die beiden bald mehr Abwechslung bekommen sollten, als ihnen lieb war, konnten sie ja nicht ahnen.

König Artus wurde in diesen Zeiten von schweren Sorgen geplagt. Erst unlängst war ihm Folgendes geschehen: Wie so oft war er mit seinen Rittern auf einer der vielen kleinen Burgen des Landes eingekehrt, und da hatte ihnen der Burgherr tatsächlich nur ein paar Teller Rübenbrei und ein paar Becher Wasser kredenzen können. Mehr war einfach nicht da gewesen.

Da ließ sich nun nicht länger übersehen, was alle längst wussten, worüber aber keiner gern sprach: Bitterarm war das Land in den letzten Jahrzehnten geworden. Allzu oft hatten die Ritter auf ihren Jagdausflügen die Felder zertrampelt, und allzu häufig hatten sie die Bauern gerade zur Erntezeit oder zur Zeit der Aussaat zum Frondienst auf die Burgen geholt. Längst lohnte es sich nicht mehr, die Klöster zu plündern, weil dort nichts mehr zu holen war.

Nächtelang klagte der König nun vor seinen Rittern und vor seinem alten Freund, dem Erzbischof von Canterbury, darüber, wie schlecht die Zeiten geworden wären. Und wie sie das Problem auch drehten und wendeten, heraus kam immer nur das eine:

Nur ein Raubzug ins Land der Bretonen, die auf der anderen Seite des Meeres wohnten, konnte den Geldsorgen abhelfen.

Aber die Bretonen waren nicht nur für ihren Wohlstand berühmt, sie wussten sich auch wohl zu verteidigen. Mit seinen altersschwachen Tafelrunderittern allein könnte der König da drüben nicht viel ausrichten, das wusste er genau. Nur wenn alle Ritter des Reiches mit ihm zögen, bestand Aussicht auf Erfolg. Zwar waren alle Ritter verpflichtet, ihrem König in jeden Krieg zu folgen, aber keiner der Ritter nahm diese Pflicht ernst, das wusste der König nur zu gut.

„Auf irgendeine Art“, meinte daher König Artus eines Abends zum Erzbischof von Canterbury, „müssen wir die Herren Ritter für einen Kampf gegen die Bretonen so begeistern, dass sie freiwillig mitkommen.“

Da dachte der alte Erzbischof lange nach, trank einen Humpen Wein um den anderen und verkündete schließlich: „Da die Bretonen immer noch Heiden sind, werde ich alle Ritter deines Reiches aufrufen, dir zu folgen, um den Bretonen die Freudenbotschaft unseres Glaubens zu bringen.“

„Ob so ein Aufruf auch nur einen einzigen von diesen faulen Kerlen hinter dem Ofen hervorlocken wird?“, fragte der König und wackelte nachdenklich mit dem Kopf.

Der Erzbischof aber hielt seinen Einfall für eine ganz ausgezeichnete Idee, sprang vom Stuhl auf und rief:

„Es kommt alles nur darauf an, wie so ein heiliger Krieg vorbereitet wird!“ Und er bat den König, ihm in allem freie Hand zu lassen.

Artus willigte ein.

Als Erstes ließ der Erzbischof im ganzen Reich die Kunde verbreiten, zwei fahrende Ritter christlichen Glaubens seien im Land der Bretonen von den heimtückischen Heiden grausam ermordet worden.

Das empörte landauf, landab die Ritter, brachte aber keinen auf den Gedanken, deswegen gleich übers Meer zu fahren, um die beiden zu rächen.

Bald darauf schickte der Erzbischof Prediger von Burg zu Burg, und diese Prediger gaben sich als Missionare aus, die eben aus dem Bretonenland gekommen wären.

Gar schauerliche - vom Erzbischof sorgfältig ausgedachte - Geschichten wussten diese Prediger zu erzählen. Wie feige, grausam, hässlich und dumm die Bretonen seien. Wie verstockt sie an ihrem abscheulichen Heidenglauben fest hielten. Wie sie das Kreuz des Erlösers verspotteten und sich überhaupt über alle ehrwürdigen christlichen Bräuche nur lustig machten.

Auch auf Eriks Burg tauchte ein solcher Prediger auf, und er schloss seine Rede mit der Aufforderung, die Bretonen vor die Wahl zu stellen, entweder schleunigst den rechten Glauben anzunehmen oder ausgerottet zu werden.

Da ahnte Erik nichts Gutes. Aber er hoffte, es würde erst in ein paar Jahren zum Krieg kommen und dann würde er schon zu alt sein, um noch mitzuziehen.

Aber es kam anders.

Auf den Rat des Erzbischofs ließ König Artus die Kunde verbreiten, bretonische Ritter hätten britannischen Boden betreten und einen frechen Überfall gewagt.

Da wusste Erik, dass der Krieg unausweichlich war.

Tatsächlich zogen schon wenige Wochen später königliche Boten von Burg zu Burg, die alle Ritter des

Reiches zur Verteidigung des Landes wie auch des christlichen Glaubens gegen die räuberischen bretonischen Eindringlinge aufriefen.

Sich diesem Aufruf zu entziehen, war ausgeschlossen. Also musste Erik Abschied nehmen von seiner Frau und seinen Gefährten.

Der König hatte seine Ritter zu einem Küstenabschnitt befohlen, der zwischen Roderiks Land und dem Gebiet des Herzogs von Belfort lag, und so ritten Erik und Roderik einen großen Teil des Weges gemeinsam.

Wie sehr er sich auf diesen Krieg freute, das zu betonen, wurde Roderik nicht müde. Es gehörte ja schließlich zu einem rechten Ritterleben, meinte er immer wieder, wenigstens einmal an einem richtigen Feldzug teilzunehmen.

Und er wollte es diesen Bretonen schon zeigen! Mindestens zehn von ihnen wollte er eigenhändig von britannischem Boden jagen und ins Meer werfen.

Je näher sie aber der Küste kamen, umso schweigsamer wurde auch Roderik.

Sie trafen als Letzte auf dem Sammelplatz ein. Der König, die Ritter der Tafelrunde, alle Herzöge, Bischöfe, Äbte und die Ritter vom Lande waren schon versammelt und dazu noch ein halbes Tausend angeworbene Kriegsknechte.

Zelte waren aufgeschlagen worden, und dazwischen waren lange Tische aufgestellt, an denen sich die Herren

Mut für den Kampf antranken.

„Da geht's ja zu wie auf einem Jahrmarkt", meinte Erik. „Gar so groß kann die bretonische Gefahr wohl nicht sein."

Erik und Roderik ließen sich ihre Unterkünfte zeigen, und erst am nächsten Tag, bei der ersten Ansprache des Königs, erfuhren sie, dass es sich nicht darum handelte, die Bretonen abzuwehren, sondern sie in ihrem eigenen Land zu schlagen.

„Recht verstanden", rief Artus, „ist das ja auch ein Abwehrkrieg! Wir wollen doch nicht warten, bis sie mit einem großen Heer herüberkommen. Lieber kommen wir zu ihnen! Angriff ist bekanntlich die beste Verteidigung. Außerdem: Wenn wir zu ihnen hinüberfahren, so verteidigen wir uns nicht nur. Mit unseren Schwertern und Lanzen bringen wir diesen bretonischen Hunden zugleich auch die wahre Christenlehre ..."

Weiter konnte König Artus nicht sprechen, ein gewaltiges Kriegsgeheul unterbrach ihn und ließ ihn nicht mehr zu Wort kommen. Die Herren Ritter tobten vor Kriegsbegeisterung und schlugen mit ihren Schwertern auf die Schilde.

So ohrenbetäubend war der Lärm, dass Erik und Roderik sich ein wenig abseits hielten, weil sie Angst hatten, die Trommelfelle könnten ihnen platzen - und weil sie sonst am Ende selber noch von der Begeisterung angesteckt worden wären.

„So haben wir nicht gewettet“, knurrte Roderik schließlich. „Der alte Fettsack hat uns wieder einmal hereingelegt. Er hat uns herbestellt, damit wir unser Land gegen die Bretonen verteidigen, er aber will die Bretonen in ihrem eigenen Land überfallen. Hab’ ich das richtig verstanden?“

Erik nickte nur.

„Was für gottverdammte Idioten doch diese Herren Ritter sind!“, schimpfte Roderik weiter.

„Sie denken an die Beute, die sie aus dem Land der Bretonen heimbringen werden“, meinte Erik.

„Ich weiß genau, wie das laufen wird“, sagte Roderik nachdenklich. „Sie werden uns auf Schiffen hinüberbringen. Davon werden die Bretonen Wind bekommen. Nahe der Küste werden sie sich uns zur Schlacht stellen ...“

„Wahrscheinlich gewinnt König Artus die Schlacht“, fuhr Erik fort. „Dann werden die Bretonen sich in ihre Hauptstadt zurückziehen.“

„Und Artus wird die Stadt belagern lassen“, überlegte Roderik weiter. „Wahrscheinlich werden unsere Herren Ritter die Stadt einnehmen. Dann fängt das Plündern an. Sie werden die Stadt an allen vier Ecken in Brand stecken, jeden Bretonen - ob Mann, Weib oder Kind - ermorden und dann davonschleppen, was nicht niet- und nagelfest ist.“

„Und zum Schluss“, meinte Erik düster, „werden

unsere Herren Ritter einer dem andern die Beute streitig machen und sich am Ende gegenseitig die Schädel einschlagen."

„Nicht grad das, wo wir unbedingt mitmachen sollten", schloss Roderik. „Nichts gegen eine kleine Prügelei, aber das hier ist kein Spaß mehr."

Immer noch überschlugen sich die anderen Ritter vor Begeisterung über die zu erwartende Beute, an die zwei Dutzend Mal ließen sie den weisen, vorausblickenden und tapferen König Artus hoch-

leben, dann erst verstummte allmählich das Jubelgeschrei.

Erik und Roderik drängten sich durch die Menge und kamen schließlich bis vor den König.

Erik hob den Arm, bat um das Wort und meinte: „Verehrter Herr König, meine edlen ritterlichen Freunde! So notwendig und so gewinnbringend mir der Zug gegen die frechen und gotteslästerlichen Bretonen auch erscheint, eins sollten wir darüber doch nicht vergessen: dass nämlich während unserer Abwesenheit

*Hier sieht man, wie lustig so ein Ritterleben am Vorabend der großen Schlacht manchmal ~~ist~~ war*

das Reich ungeschützt bleibt und jedem Angreifer offen steht. Ich schlage daher vor, eine kleine Schutztruppe zurückzulassen. Nach langem Überlegen bin ich mit meinem Freund und Vetter, dem edlen Herrn Roderik de la Plaine, übereingekommen, dass wir uns beide für diese schwierige Aufgabe opfern wollen, so gerne wir auch an einem so bedeutenden Feldzug teilnehmen würden."

Beifälliges Murmeln der versammelten Ritterschaft schien Erik recht zu geben. König Artus freilich wollte nichts davon wissen. Er erinnerte sich an das glorreiche Turnier und wollte auf zwei so hervorragende Ritter wie Erik und Roderik auf gar keinen Fall verzichten.

Schon wollte die Menge sich zerstreuen, da ergriff rasch noch der Erzbischof von Canterbury das Wort. Er hielt der Streitmacht noch einmal vor Augen, was für ein gottgefälliges Werk der bevorstehende Kriegszug sei, dann ordnete er - um Gott, den Herrn, gnädig zu stimmen - ein dreitägiges allgemeines Beten und Fasten an.

Ein empörtes Pfeifkonzert war die Antwort. Zum Beten und Fasten waren die Herren Ritter wahrlich nicht hergekommen. Mochten die Bischöfe, Äbte, Mönche und Pfaffen beten und fasten, so viel sie wollten. Sie selber gedachten die Tage bis zur Überfahrt angenehmer zu verbringen.

Der Erzbischof überlegte einen Augenblick und verkündete dann, dass vom Fasten jeder befreit werden könne, der bereit wäre, zwei Taler für die Kirche oder für die Kriegskasse zu spenden.

Zwar murrten die Kämpfer auch darüber, aber schließlich öffnete jeder von ihnen die Börse und ließ die zwei Taler in den Hut fallen, den der Erzbischof durch die Reihen wandern ließ.

Nur die angeworbenen Kriegsknechte, deren Lohn erst aus der bretonischen Beute bezahlt werden sollte, konnten nichts geben. Ihnen blieb das dreitägige Beten und Fasten nicht erspart.

Langsam senkte sich der Abend über das Heerlager. Zwischen den Zelten ging es bei Wein und gebratenen Fischen hoch her. Erik und Roderik aber saßen allein am Strand und sahen zu, wie die Sonne blutigrot im Meer versank.

Ein steifer Wind setzte den Wellen weiße Schaumkronen auf und trug den beiden einsamen Rittern Fetzen jenes einförmigen Betgesangs zu, den die Priester abseits vom Lager mit den Kriegsknechten übten.

„Einfach abhauen!", stieß Roderik hervor, nachdem sie lange geschwiegen hatten. „Heute Nacht, wenn alle besoffen sind, verschwinden wir."

Erik aber schüttelte den Kopf. Der König würde in so einem Fall augenblicklich ihren Besitz einziehen, das wusste auch Roderik.

Irgendetwas anderes musste ihnen einfallen.

Längst war der Himmel über dem Meer pechschwarz geworden. Zweimal schon hatten Erik und Roderik vor der Flut landeinwärts weichen müssen. Längst war auch das Grölen drüben im Lager verstummt, da saßen sie immer noch ratlos da.

Hundert Pläne hatten sie sich ausgedacht und jeden wieder verwerfen müssen, weil er einfach nicht durchführbar war.

„Übel wird mir, wenn ich bloß dran denke, bei so einer Schweinerei mitmachen zu müssen", schimpfte Roderik jetzt wieder los. „Richtig krank macht mich der Gedanke."

„Krank?" Erik horchte auf. „Hast du krank gesagt?"

„Na ja, du weißt schon, was ich meine", gab Roderik zurück.

„Wenn wir krank wären, müssten wir nicht mitziehen!"

„Käme ganz auf die Krankheit an."

„Wenn wir zum Beispiel die Pest hätten?"

Erik grinste, aber das konnte Roderik in dieser finsteren, mondlosen Nacht nicht sehen.

Der nächste Morgen war kalt und sehr windig. Möwen flogen kreischend über dem schiefergrauen Meer, das brodelnd und tosend an die Küstenfelsen schlug.

Schon seit zwei Stunden herrschte im Heerlager geschäftiges Treiben. Hunderte Vorbereitungen waren für die Überfahrt zu treffen. Waffen und Lebensmittelvorräte wurden in große Kisten verpackt, die Belagerungsmaschinen mussten für den Schiffstransport in Einzelteile zerlegt werden.

Zunächst arbeiteten auch die Herren Ritter mit, schimpfend und mit schweren Köpfen, die vom Wein des Vorabends brummten. Aber bald fand einer nach dem anderen, dass es hoch an der Zeit wäre, eine Frühstückspause einzulegen.

Da wurden die langen Tische und Bänke rasch wieder aufgestellt, einer der Knechte musste ein frisches Fass Wein heranrollen, und nach zwei oder drei Humpen hatte sich die Laune der adeligen Herren gebessert.

Erik und Roderik saßen an diesem Vormittag auch unter den Zechern.

Sie hielten beim Trinken wacker mit und wurden - wie die anderen - nicht müde, die heidnischen Bretonen zu verwünschen.

Bis dann gegen Mittag Herr Wunnibald, ein Ritter aus dem Norden des Reiches, die schwarzen Flecken in Eriks und Roderiks Gesichtern bemerkte.

„Schwarze Flecken? Was für schwarze Flecken?“ Erik tat, von Herrn Wunnibald darauf angesprochen, so verwundert wie nur irgend möglich. „Ich soll schwarze Flecken im Gesicht haben? Was für ein Unsinn!“

„Doch, du hast schwarze Flecken im Gesicht“, bestätigte Roderik, nachdem er Erik eine ganze Weile betrachtet hatte.

„Du aber auch, mein lieber Roderik“, gab Erik zurück. „Na so was! Woher die wohl kommen mögen?“

„Einerlei!“ Roderik zuckte die Achseln. „Sie werden schon wieder verschwinden. - Denken wir nicht dran! Trinken wir lieber auf unseren Sieg über die bretonischen Heiden - und auf die reiche Beute, die uns erwartet!“

Die Ritter hoben ihre Becher, taten jeder einen tiefen Schluck, und bis zum Abend sprach keiner mehr über die schwarzen Flecken.

Erst in der Abenddämmerung, nachdem Erik und Roderik sich ein paar Mal von der Tafel entfernt hatten, schrie Herr Wunnibald plötzlich auf: „Die Flecken! Sie sind viel größer geworden!“

Schwankend erhoben sich die edlen Herren, beugten sich über die Tische und starrten Erik und Roderik lange an.

Erich tat ganz verschämt und drehte sich um.

Roderik hingegen lachte den anderen ins Gesicht und rief: „Flecken hin, Flecken her! Selbst wenn wir am ganzen Körper schwarz wären wie die Mohren, übermorgen fahren wir zu den Bretonen, und wir schlagen ihnen die Schädel ein, so wahr ich Roderik de la Plaine heiße.“

„Wenn das bloß keine ansteckende Krankheit ist“, stammelte ein steinalter Ritter, den Erik und Roderik nur vom Sehen kannten.

„Ansteckende Krankheit?“ Roderik gluckste vor Lachen. „Wahrscheinlich ist es die Pest, hahahaha! Trinken wir drauf, meine edlen Freunde! Nichts hilft besser gegen Pest und Cholera als ein Schlückchen Wein.“

Wiederum stießen die Herren an, als sie sich aber setzten, rückten sie heimlich von Erik und Roderik ab.

Am Morgen darauf spazierten die beiden durchs Lager, und die schwarzen Flecken waren jetzt nicht nur in ihren Gesichtern, sondern auch auf ihren Armen und Händen zu sehen.

Wen immer Erik und Roderik auf ihrem Rundgang trafen, der wich ihnen aus, und mancher schlug sogar einen Haken, um rasch zwischen den Zelten zu verschwinden.

Wie am Vortag waren die Ritter die Arbeit bald satt, und sie ließen wieder Tafeln aufstellen, um daran zu einem Frühstücksumtrunk Platz zu nehmen.

Erst als alle anderen saßen, drängten sich Erik und Roderik auf eine Bank - gleich darauf saßen sie aber mutterseelenallein am Tisch.

Entsetzt waren alle anderen aufgesprungen und an die anderen Tische geflüchtet, so vollbesetzt diese auch gewesen waren.

„Da soll doch gleich der neunmal geschwänzte Deibel dreinfahren!“, schrie Roderik so entrüstet, wie er nur konnte. „Sind wir den edlen Herren auf einmal nicht mehr gut genug?“

Verlegenes Gemurmel von den Nachbartischen war die Antwort.

„Warum wollt Ihr mit uns nicht an einer Tafel sitzen, meine hochedlen Freunde?“, rief da auch Erik. „Wir sind so gut wie jeder andere im Lager!“

„Falls einer von Euch nicht dieser Meinung ist, so will

ich ihn auf der Stelle in Stücke hacken!", brüllte Roderik und riss sein Schwert aus der Scheide.

Auch Erik zog augenblicklich blank und knurrte drohend: „Ich fordere jedem, dem unsere Gesellschaft nicht passt, zum Zweikampf. Und was das bedeutet, das wisst Ihr. Schon einmal habe ich in einem Turnier sämtliche Ritter der Tafelrunde besiegt."

Sekundenlang war nichts zu hören als das helle Kreischen der Möwen, bis endlich Herr Mordred, der Neffe des Königs, das Wort nahm und leise beteuerte: „Niemand wollte Euch kränken, meine Herren!"

„Warum behandelt man uns dann wie Aussätzige?", schrie Erik. Er sah, wie alle bei diesem Wort zusammenzuckten.

„Die Flecken auf Eurer Haut!", ließ sich nun Herr Gawain vernehmen. „Ihr solltet einen Arzt aufsuchen."

„Pah!", machte Roderik verächtlich. „Mit oder ohne Flecken, wir sind Ritter so gut wie Ihr und haben das Recht, an Eurer Seite zu sitzen."

„Man kann gar nicht vorsichtig genug sein", meinte jetzt Herr Lancelot. „Am Ende habt Ihr wirklich eine ansteckende Krankheit, wissen kann man's nicht."

„Und wenn es so wäre?", fragte Erik. „Was dann? Dürfen wir dann nicht mit Euch zu den Bretonen fahren? Hohoho! Jetzt weiß ich, woher der Wind weht." Er stieß Roderik den Ellbogen in die Rippen. „Diese feinen Herren gönnen uns unser Teil an der bretoni-

schen Beute nicht, deshalb wollen sie uns fortekeln."
„Aber nein!", tönte es von allen Seiten.
„Bestimmt nicht!"
„So etwas dürft Ihr nicht glauben!"
Roderik zögerte einen Augenblick, steckte dann das Schwert weg und meinte zufrieden: „Da bin ich ja beruhigt. Wenn es so ist, wie Ihr sagt, dann habt Ihr Herren wohl auch nichts dagegen, wenn wir - wie sich's ziemt - in Eurer Mitte Platz nehmen."
Langsam gingen Erik und Roderik auf den nächsten Tisch zu.
Dort aber waren die Ritter schon von den Bänken hochgeschnellt. Der eine meinte, ihm sei heute eigentlich gar nicht nach Wein. Der andere erinnerte daran, wie viel Arbeit noch zu verrichten sei, damit morgen auch wirklich alles zur Überfahrt bereitstehe. Ein dritter wollte rasch nach seinem Pferd sehen. Einem vierten fiel ein, dass er seine Knechte beaufsichtigen musste...
In weniger als einer Minute standen Erik und Roderik allein da, und sie waren es zufrieden. Sie lächelten einander zu, tranken noch einen Becher Wein und zogen sich dann in ihr Zelt zurück.
Den ganzen Tag über ließen sie sich nicht mehr blicken.
Am späten Nachmittag aber rief ein Bote - aus sicherer Entfernung - zum Zelt hinüber, dass König Artus mit den beiden Herren zu sprechen wünsche.

Flink griffen da Erik und Roderik noch einmal in den kleinen irdenen Topf, der voll mit schwarzer Farbe war, und schminkten sich gegenseitig noch mehr Flecken, sodass kaum noch ein Stückchen reiner Haut zu sehen war.

Dann machten sie sich auf den Weg zum königlichen Zelt, und wer ihnen auch begegnete, wich angstvoll und bleich vor ihnen zurück. Und hinter ihrem Rücken hörten sie die Leute flüstern. „Pest" und „Aussatz", diese beiden Worte wiederholten sich immer wieder.

Sie traten in das große Zelt des Königs und fanden Artus von vier Weihrauchfässer schwingenden Mönchen umgeben. Mit Rauch glaubte man damals, sich gegen die Pest schützen zu können.

Überaus höflich wurden Erik und Roderik begrüßt, dann eröffnete ihnen der König, er habe über Eriks Vorschlag lange nachgedacht und sei nun auch zu der Überzeugung gekommen, dass man das Reich nicht ganz ungeschützt zurücklassen dürfe.

Hier musste Artus unterbrechen, weil ihm die Weihrauchschwaden einen Hustenanfall verursachten, fuhr aber schließlich fort:

„Deshalb will ich Eurem Vorschlag stattgeben und will Euch, meinen beiden Freunden, in unserer Abwesenheit den Schutz des Reiches anvertrauen."

Da fing Erik laut zu jammern an, beteuerte immer wieder, wie er seinen unüberlegten Vorschlag schon bedauert habe. Um nichts in der Welt würde er darauf verzichten wollen, mit dabei zu sein, wenn den bretonischen Hunden mit Feuer und Schwert die Frohbotschaft des christlichen Glaubens gebracht werde.

„Niemand wird mich daran hindern, an einem Feldzug meines hochedlen Herrn Königs teilzunehmen!", rief nun auch Roderik.

Artus aber, von Weihrauchschwaden so eingehüllt, dass Erik und Roderik ihn kaum noch sehen konnten, erklärte hüstelnd, dass sein Entschluss unumstößlich sei.

Als die beiden schwarz gefleckten Ritter nicht aufhören wollten, gegen „diese schändliche Benachteiligung" zu protestieren, rückte der König endlich mit der Wahrheit heraus:

„Ihr scheint eine gefährliche und vermutlich sehr ansteckende Krankheit zu haben, Eure Teilnahme würde den ganzen Krieg gefährden. Es ist mein unumstößlicher königlicher Wunsch, dass Ihr augenblicklich nach Hause zurückkehrt. Und ich bitte Euch, meine Freunde: Nehmt es Euch nicht allzu sehr zu Herzen. Es kommt ja wieder ein Krieg, dann seid Ihr gesund und wohlauf und könnt daran teilnehmen."

„Was bleibt einem gehorsamen Ritter übrig, als dem Befehl seines geliebten Königs zu folgen", flüsterte Erik und bemühte sich, ein bisschen zu schluchzen. „Ich gehorche, auch wenn es mir das Herz abdrückt."

„Sterben werde ich, ohne je an einem richtigen Krieg teilgenommen zu haben!", heulte Roderik auf. „Was für ein verpfuschtes Ritterleben!"

„Ich bitte Euch, geht!", rief Artus. „Sonst kann ich nicht länger an mich halten und muss mit Euch weinen."

Da verneigten sich Erik und Roderik tief vor ihrem König und verließen mit hängenden Schultern das Zelt.

Noch nie vorher hatten sie ihre Habseligkeiten so rasch gepackt, und als sie dann aus dem Lager ritten und all die erleichterten Gesichter sahen, konnten sie das Lachen kaum noch zurückhalten.

Sie ritten die Küste entlang und hielten in sicherer Entfernung an. Sie stiegen ab, entkleideten sich und sprangen ins Meer, das schon nach wenigen Minuten die schwarze Farbe abgewaschen hatte.

Als sie ihr Nachtlager aufschlugen, erblickten sie in der Abenddämmerung drei große Schiffe, die vor dem Wind die Küste entlangfuhren - auf das Heerlager zu.

„Nur drei Schiffe für all die Leute?“, meinte Roderik.

„Mehr kann sich Artus vermutlich nicht leisten“, meinte Roderik.

„Die Schiffe werden so überladen sein, dass sie beim kleinsten Sturm mit Mann und Maus untergehen“, überlegte Erik weiter.

Roderik aber knurrte: „Gäb's Gott, dass es so kommt.“

Erik sah zum Himmel hinauf.

Am Nachmittag noch war er blank gewesen, jetzt aber schob sich vom Westen her eine schwarze Wolkenbank auf die Küste zu.

Das Meer glitzerte noch still und silbern im Abendlicht, aber in drei Stunden schon konnte es sich vielleicht zu turmhohen Wellen aufbäumen.

„Am besten wär's", sagte Erik, „sie würden die Überfahrt verschieben."

„Da kennst du die alten Saufköpfe schlecht", lachte Roderik. „Die können es kaum noch erwarten, die Bretonen abzustechen - oder von ihnen abgestochen zu werden."

„Und wenn wir sie an der Überfahrt hindern könnten?"

„Wie denn?" Roderik schaute seinen Freund lange an und meinte dann: „Also rück schon heraus damit! Du siehst genauso aus, als wäre dir wieder einmal etwas eingefallen."

„Kann sein", meinte Erik nur. „Jedenfalls: Wenn wir dafür sorgen, dass sie gar nicht erst abfahren, tun wir ihnen - ob sie's wahrhaben wollen oder nicht - einen großen Gefallen. Manch einen retten wir vor dem sicheren Tod."

„Wenn einer unbedingt ersaufen will oder gern im fremden Land erschlagen werden möchte, den soll man nicht daran hindern", gab Roderik zur Antwort.

Neugierig war er aber doch, was Erik ausgeheckt haben mochte, und so ließ er sich alles erklären.

Es war ein verrückter, ein wagemutiger, sogar ein tollkühner Plan. Bei dem, was Erik vorhatte, erwischt zu werden hieße, gleich am nächsten Baum aufgehängt zu werden.

„Aber einerlei!", rief Roderik begeistert. „Wer nichts

riskiert, stirbt auch. Vor Langeweile nämlich."

Sie standen auf, versteckten ihre Habseligkeiten hinter den Büschen und banden ihre Pferde an einem Baum fest.

Erik sammelte ein paar dicke Äste vom Boden auf und meinte schließlich: „Woher kriegen wir nur das Seil? Wir brauchen unbedingt ein starkes, möglichst armdickes Seil."

„Wir werden es auf einem der Schiffe finden", sagte Roderik leichthin.

Dann brachen sie auf.

Sie gingen die Küste entlang, und es war schon ganz finster geworden, als sie einen Felsen erreichten, von dem aus sie das Heerlager beobachten konnten.

Der Lagerplatz unten war von hundert Fackeln taghell beleuchtet. So konnten Erik und Roderik sehen, dass auch die Seeleute mit den Herren Rittern an der Tafel saßen und tranken.

Die drei Schiffe lagen in einer kleinen Bucht, und die Kriegsknechte waren eben dabei, schmale, schwankende Stege zu zimmern, auf denen die Ritter morgen Früh an Bord gehen konnten.

Erik und Roderik machten es sich bequem und sprachen ihren Plan noch einmal in allen Einzelheiten durch. Erst als das Grölen der Zecher immer lauter wurde und bis zu ihnen heraufdrang, konnten sie es wagen, an ihr Werk zu gehen.

Sie entledigten sich ihrer Kleider und stiegen vorsichtig den Felsen hinunter. Zu einem Bündel verschnürt trug Erik die mitgebrachten Äste auf dem Rücken.

Unten an der Küste, keine halbe Meile vom Lager entfernt, warfen sie die Äste ins Wasser, stiegen dann selber hinein, hielten sich an den Hölzern fest und schwammen langsam und so leise wie möglich zu den Schiffen hinüber.

Kein Stern war am Himmel zu sehen, schon waren manche Wellen drei Fuß hoch, die Schiffe schaukelten sanft, und die Masten und Taue ächzten leise.

An einer Bordwand hing eine Strickleiter, und ehe Erik ihn daran hätte hindern können, war Roderik schon halb hinaufgeklettert.

„Ich hol' das Seil!", rief er leise zu seinem Freund hinunter.

„Allein ist das viel zu gefährlich!", flüsterte Erik entsetzt. „Ich komm' mit."

„Bleib, wo du bist!", kommandierte Roderik. „Du musst ohnehin den Rest der Arbeit tun. Ich kann ja nicht so gut tauchen wie du." Und schon war er hinauf geklettert und über der Bordwand verschwunden.

Erik wagte kaum zu atmen, so sehr fürchtete er um Roderik. Wie leicht konnte es sein, dass nur ein Teil der Seeleute von Bord gegangen war und Roderik entdeckt und festgenommen wurde.

Angestrengt lauschte Erik in die Nacht, aber außer

den Wellen und dem Brüllen und Rülpsen der saufenden Ritter war nichts zu hören. Oben auf dem Schiff war es ganz still.

Dann war Roderik plötzlich wieder da und hatte eine große Rolle eines dicken Schiffstaus mitgebracht.

„Also an die Arbeit!“, sagte Erik erleichtert, zog zwei Äste aus dem Holzbündel, schwamm ans Heck des Schiffes, holte tief Luft und tauchte.

Unter Wasser tastete er nach dem Steuerruder, stieß schnell einen der Äste zwischen die Schiffswand und das Ruder, gleich darauf den zweiten von der anderen Seite her, dann tauchte er prustend wieder auf.

„Das wilde Schwein soll mich beißen, wenn sich dieses Steuerruder noch bewegen lässt“, berichtete er Roderik. „Ich hab's so festgeklemmt, dass das Schiff immer nur im Kreis fahren kann.“

Dann ließ Erik sich das eine Ende des Seiles reichen, tauchte noch einmal und schlang es fest um das Ruder.

Damit war die Arbeit an dem einen Schiff beendet.

Nach weniger als einer halben Stunde hatte Erik auch bei den beiden anderen Schiffen die Steuerruder festgeklemmt. Untereinander waren alle drei Schiffe durch das dicke Seil verbunden.

Schnell schwammen Erik und Roderik zurück und kletterten wieder auf ihren Felsen.

Eine Stunde später brach der Sturm los, den Erik vorausgeahnt hatte.

Er vertrieb die Zecher in ihre Zelte, zog dann aber schnell weiter.

Erik und Roderik froren und konnten lange Zeit keinen Schlaf finden.

Schon vor dem Morgengrauen aber wurden sie geweckt. Die Kriegsknechte hatten mit dem Beladen der Schiffe begonnen.

Kurz nach Sonnenaufgang ließ König Artus seine Ritter mit grellen Trompetenstößen aus den Zelten scheuchen.

Der Erzbischof von Canterbury ordnete noch eine kurze Morgenandacht an, dann begaben sich die edlen Herren auf die Schiffe.

Mit vor Aufregung rot leuchtenden Ohren schauten Erik und Roderik vom Felsen aus zu.

Bald war das erste Schiff reisefertig, während über die schmalen Stege immer noch Ritter auf die beiden anderen Schiffe gingen. Die Bucht war zu schmal, als dass alle drei Schiffe gleichzeitig hätten auslaufen können, deshalb hatte das erste schon ein kleines Segel gesetzt und die Taue, die es am Uferfelsen gehalten hatten, losgemacht.

Langsam schob sich das Schiff auf das offene Meer zu. Erik biss sich auf die Unterlippe, so gespannt war er, ob sein Plan auch funktionierte.

Jetzt sah es noch aus, als ob das erste Schiff wirklich - wie geplant - gleich die Bucht verlassen würde, aber schon im nächsten Augenblick hatte sich das Seil unterm Wasser bis zum Zerreißen gespannt. Und ein Ruck lief zuerst durch das zweite, dann auch durch das dritte Schiff.

Die Stege wurden aus der Uferverankerung gerissen, und die Ritter, die gerade darauf standen, taumelten und fielen ins Wasser.

Der Wind hatte das Segel des ersten Schiffes nun voll getroffen und beschleunigte seine Fahrt, dadurch wurden die beiden anderen Schiffe losgerissen, schnellten wie Pfeile von Bogensehnen und prallten mit voller Wucht ans Heck des ersten Schiffes. Die Planken krachten, einige zersplitterten wohl auch.

Durch den heftigen Anprall gingen auf jedem der drei Schiffe ein paar Ritter über Bord.

Aufgeregtes Schreien drang zu Erik und Roderik herauf. Deutlich konnten die beiden beobachten, wie die Seeleute verzweifelt versuchten, an den Steuerrädern zu drehen, um die Schiffe auseinander zu manövrieren.

# DER FELDZUG
## (der ins Wasser fiel)

Aber die Ruder waren festgeklemmt, und so ließen sich die Steuerräder nicht bewegen.

Nach dem Zusammenprall hatten sich die drei Schiffe wieder voneinander gelöst. Sie trieben auseinander, freilich nur, bis das Unterwasserseil von neuem gespannt war.

Wieder ein Ruck auf allen drei Schiffen.

Und zehn Sekunden später der nächste Zusammenprall.

Diesmal wurde die Bordwand des zweiten Schiffes so schwer beschädigt, dass Wasser eindrang. Ein paar besonders ängstliche Ritter sprangen über Bord und hatten redliche Mühe, ans Ufer zu gelangen.

Ein paar Mal wiederholte sich das Auseinandertreiben und Zusammenprallen noch, jedes Schiff hatte bereits ein paar deutlich sichtbare Löcher.

Da blähte eine plötzliche Windbö das Segel des ersten Schiffes und brachte es in schnelle Fahrt.

Weil das Steuerruder aber eingekeilt war, ging die Fahrt immer nur im Kreis herum, und das erste Schiff zog die beiden anderen hinter sich her, und alle drei Schiffe liefen auf dieser Karussellfahrt immer mehr voll Wasser.

Ein Ritter nach dem anderen sprang, laut um Hilfe rufend, über Bord.

Nur der edle Mordred, der Neffe des Königs, behielt die Nerven.

„Segel herunter!“, brüllte er immer wieder.

Weil die Matrosen aber nicht gleich gehorchten, griff Mordred kurz entschlossen nach seinem Schwert und schlug damit alle nur erreichbaren Taue entzwei.

Damit kappte er freilich auch die Leinen, die den Untermast hielten, und der schwere Balken fiel ihm und ein paar anderen Herren - wie Erik und Roderik deutlich erkennen konnten - auf die Köpfe.

Das Segel selber schwebte langsam herunter und deckte alle noch auf dem ersten Schiff verbliebenen Seeleute und Ritter zu, was die Panik noch erheblich vergrößerte.

Keiner dachte mehr daran, die Schiffe zu retten. Die eigene Haut in Sicherheit zu bringen, war ihnen allen im Augenblick das wichtigste.

Vom Ufer aus mussten sie dann tatenlos zusehen, wie die Schiffe mit all ihrer Habe immer wieder gegeneinander und gegen die Küstenfelsen krachten und dabei langsam im Meer versanken.

„Komm, Roderik“, sagte Erik jetzt oben auf dem Felsen. „Gehn wir. Ich denke, für eine Weile wird unserem verehrten Herrn König die Lust vergangen sein, zu den Bretonen hinüberzufahren.“

Gemächlich gingen die beiden Freunde zu ihrem Lagerplatz zurück, stiegen auf ihre Pferde und machten sich auf den Heimweg.

Nach sechs Tagen hatten sie endlich die Kreuzung erreicht, an der sie sich trennen mussten.

Lange standen sie schweigend nebeneinander, bis Roderik schließlich fragte:

„Was nun? Wie geht's weiter?"

„Wie immer", meinte Erik, „falls wir uns nicht entschließen, unseren alten Streit um das Hügelland endlich beizulegen."

Für einen Augenblick sah Roderik aus, als wollte er Eriks Vorschlag annehmen, dann aber wehrte er lachend ab:

„Auf keinen Fall! Womit sollten unsere Söhne sich die Zeit vertreiben, wenn wir ihnen nicht einen kleinen Anlass vererben, sich hin und wieder zu zanken."

„Wenn sie's nicht schlimmer treiben als wir's getrieben haben, so soll es mir recht sein", stimmte Erik ihm zu. „Dann müssen wir uns jetzt also trennen."

„Müssen wir wohl. Aber eins noch, Erik: Falls ich dir wieder einmal einen Streich spielen sollte, nimm's mir nicht krumm. Ich tu's bestimmt nur, weil ich mich allzu sehr langweile."

„Ich werde dran denken", versprach Erik. „Leb wohl."

„Leb wohl, Erik. Und wenn wir einmal zu alt sind, um uns Streiche zu spielen, können wir immer noch den einen oder anderen Becher Wein zusammen leeren, was?"

„Solange uns der Wein schmeckt, ganz bestimmt."

Sie zögerten, dann aber ritten sie ihrer Wege.

Ehe sie zwischen den Bäumen verschwanden, blickten sie einander heimlich nach.

# Walter Wippersberg

Geboren 1945 in Steyr. Lebt als Schriftsteller, Regisseur und Filmemacher in Losenstein, Oberösterreich, und in Wien. Ordentlicher Universitätsprofessor an der Wiener Filmakademie.

Veröffentlichungen: Theaterstücke, Hörspiele, Romane, Kinderbücher, Essays, TV-Dokumentationen, Spielfilm-Drehbücher, Filme (u.a. „Das Fest des Huhnes“ und „Die Wahrheit über Österreich“).

Zuletzt erschienen als „Österreichische Trilogie“ die drei Romane „Die Irren und die Mörder“ (1998), „Ein nützlicher Idiot“ (1999) und „Die Geschichte eines lächerlichen Mannes“ (2000).
Bücher von Wippersberg wurden ins Französische, Spanische, Dänische, Holländische, Amerikanische und ins Japanische übersetzt.

Zahlreiche Auszeichnungen, u.a. Literaturförderungspreis des Landes Oberösterreich, Filmförderungspreis der Stadt Wien, Österreichischer Staatspreis für Kinderliteratur, Theodor-Körner-Preis, Fernsehpreis der österreichischen Volksbildung, Kulturpreis des Landes Oberösterreich.

*Kinder- und Jugendbücher von Walter Wippersberg im Obelisk Verlag:*
*„Schlechte Zeiten für Gespenster“, „Julias Hexe“,*
*„Es gibt nur einen Zappo auf der Welt“, „Max, der Unglücksrabe“,*
*„Der Kater Konstantin“, „Konstantin wird berühmt“,*
*„Konstantin auf Reisen“, „Kater Konstantin Sammelband“,*
*„Der Ritter von der traurigen Gestalt“*